Avertissement

Les noms, prénoms, professions, lieux ont été systématiquement modifiés en ce qui concerne les personnes impliquées, ainsi que pour les témoins innocents. Ces derniers s'en trouveront protégés, et les personnes impliquées n'auront pas la possibilité de faire un procès contre mon éditeur ou moi-même. Je n'ai pas envie de payer des « dommages et intérêts » à des êtres qui, durant des années, m'ont fait subir un véritable calvaire. Le nom de Patrice Alègre a été gardé néanmoins, en raison du cadre de l'affaire et compte tenu du fait qu'il a déjà été condamné pour plusieurs meurtres, ainsi que les noms des policiers, juristes et magistrats chargés d'élucider l'affaire. Quant aux personnes décédées, leur nom figure aussi intégralement.

Mes noms de travail, à l'époque du début de cette histoire, étaient Floy ou Vicky. Fanny est un nom suggéré par Me Catala et rendu public depuis, raison pour laquelle il est en couverture de ce livre.

À mes enfants, Mickaël, José, Tristan et Morgane. À mon mari Christian.

À la cellule Homicide 31 (première version) et à un juge d'instruction qui a cru en moi.

À quelques journalistes courageux qui, malgré la pression de leur hiérarchie, ont toujours essayé de faire leur travail honnêtement.

À l'un d'entre eux, en particulier, sans qui je n'aurais pas commencé cet ouvrage.

À Virginie, sans qui je ne l'aurais jamais mené à bien.

Merci à toutes ces personnes de m'avoir donné la force d'écrire ce livre qui, je l'espère, me permettra de tourner la page et de me reconstruire, même si je ne vois pas encore comment.

Avant-propos

Pour certains, ce livre représentera peut-être un de ces signaux forts qu'une société envoie, de temps à autre, pour exprimer son malaise et permettre à quelques injustices d'évoluer. Pour d'autres ce sera l'occasion de se rincer l'œil – et je ne peux malheureusement être dupe de cela. Mais j'accepte cette dernière éventualité car je crois fondamentalement en la première.

Une troisième catégorie de lecteurs sera certainement particulièrement sensible à ce que je tente de dénoncer dans cet ouvrage. Ce sont les lectrices. Je ne parle pas seulement ici de la masse de celles qui ont été maltraitées, bafouées, abusées sexuellement ou non, mais de toutes les femmes. Parce que je n'en connais pas une, même dans nos sociétés policées, qui ne se soit un jour ou l'autre heurtée à un geste ou une remarque déplacée, voire blessante.

Mon ambition est double en exprimant ma vérité : dire et prévenir. Raconter pour que d'autres ne tombent pas dans ce piège. Mieux, bien qu'utopique, que ce piège n'existe plus... Je voudrais pouvoir avertir par ce texte toutes les jeunes filles de quinze ans qui se trouvent dans une position difficile, mais aussi tous les flics honnêtes et les magistrats intègres de ce pays.

J'ai longtemps hésité avant d'écrire ce livre, tout comme j'ai mis beaucoup de temps avant de parler aux enquêteurs de la cellule Homicide 31...

Lorsque ceux-ci viennent me trouver en décembre 2002, je suis, avec mes quatre enfants et mon mari, installée dans une vie à peu près tranquille. Quand ils me lancent le nom de Patrice Alègre à la figure, mon premier réflexe, c'est de dire que je ne le connais pas. Pourquoi irais-je réveiller toutes les horreurs de mon passé ? Pour qui ? Tout ce que j'ai vécu et entendu, qui fait partie de mes pires cauchemars, les cadavres, les agressions, les crimes souvent maquillés en suicide, les affaires « classées » avec légèreté, tout ça, pour rien au monde je n'ai envie d'y revenir. Le passé est le passé, me dis-je.

Je ferme la porte à Michel Roussel, le directeur d'enquête de la cellule, bien connu aujourd'hui. Rien que la peur pour ma famille, qui est sacrée pour moi à un point difficilement imaginable, rien que cette peur-là explique mon refus. Sans parler de la nécessité de sauver ma peau. *(Je sais à qui j'ai affaire...)* À cela il faut ajouter que je ne crois guère en la justice. Je considère qu'elle est à plusieurs vitesses. La justice d'en bas et celle d'en haut, celle pour les flics et celle pour les putes, celle pour les notables et celle pour les proxénètes. Une justice expéditive pour les pauvres et les faibles, et une parodie de justice pour les puissants qui se protègent les uns les autres en toute impunité.

La question que je me pose est : pourquoi vient-on me demander de témoigner maintenant ? Car j'ai tenté plusieurs fois de parler à la police, pendant les années quatre-vingt-dix, alors qu'il y avait encore des preuves, encore la possibilité de trouver rapidement les coupables. Or personne, à l'époque, n'a voulu m'écouter. Et douze ans plus tard, on vient me trouver et me demander de chambouler ma vie reconstruite, on vient réveiller les fantômes alors que les preuves ont disparu, avalées par le temps... Surtout, on me remet à nouveau en danger. N'est-ce pas absurde ?

Michel Roussel est tenace. Je peux en témoigner. Il a réussi à me faire parler, au bout de six mois de résistance. Il a réussi à me convaincre de livrer tout ce que j'avais en mémoire, morceau par morceau. *(Quelle douleur !)* Et moi, dans ma grande naïveté, je pensais que j'en aurais pour deux mois tout au plus, deux mois qui, me disais-je, seraient durs, mais après, j'en aurais fini. Bien sûr, j'y suis encore...

Quand je commence à tout « ballarder[1] », j'avertis Roussel : « Tu sais, Michel, tout ça, c'est de la merde, tu ne sais pas à quoi tu t'attaques. Je les ai vus pendant des années, tous ces types, je sais de quoi ils sont capables et surtout, je sais qu'ils ont le cul en or et le bras très, très long. L'affaire, elle ne sortira jamais ! » Bien sûr, il ne peut pas entendre ça. N'empêche que quelques mois plus tard, après qu'on lui a bien mis des bâtons dans les roues et qu'il s'est aperçu qu'il n'y arriverait pas comme ça, il démissionne et nous laisse tomber comme des vieilles chaussettes. Ça encore, je peux le pardonner parce que j'ai lu qu'il pensait que c'était le seul moyen pour lui de continuer à se battre, mais de là à dire que je suis une menteuse...

Là, j'arrive au cœur de ma colère. Essayez d'imaginer deux secondes : vous avez vécu en danger pendant cinq ans, avec des gens qui ne reculent devant rien. Vous avez réussi à vous en sortir. Vous avez reconstruit une existence qui fonctionne et mis de côté un passé qui vous encombre et dont vous n'avez jamais parlé aux êtres autour de vous *(vous avez trop honte)*. Un jour, un flic débarque et vous presse : « Il faut dire tout ce que vous

1. Cafter, dire, raconter.

avez vu et vécu dans les moindres détails. » Vous le faites. Jour après jour, heure après heure. Des souvenirs d'il y a quatorze, treize, douze ans. Le simple fait de vous remettre dans ce que vous avez vécu est très dur à vivre dans le présent, cruel, douloureux. Mais ce n'est pas tout : *ils* savent que vous êtes en train de parler. Alors *ils* vous envoient des gens qui rôdent autour de vous et de votre famille, des voitures qui vous frôlent, vous recevez des coups de fil bizarres, on vous tabasse en vous tendant des pièges. On vous harcèle de mille et une manières, en vous faisant vivre constamment dans la peur de ce qui pourrait vous arriver, à vous et à votre famille. Et personne pour vous aider.

Comme ce que vous racontez à l'*air* fou, on vous envoie à des psys qui vous posent à nouveau des questions. Et pendant toutes les heures que vous passez à répondre à ces centaines de questions de tout le monde, vos enfants de deux, quatre, sept et neuf ans, comment ils se gardent ? *(« Je ne suis pas dans le social, je suis dans le pénal », me dit le juge quand je le lui fais remarquer.)* Et tous les déplacements, qui les paye ? Et le déménagement obligatoire pour que les voyous arrêtent de venir vous menacer, qui s'en charge ? Avec quel argent ? *(Un jour, un journaliste est arrivé chez moi, pour voir dans quelle « splendeur » je vivais. Il a jeté un coup d'œil dans mon petit F4 de la banlieue toulousaine, meublé avec des objets de boutique de troc, et il est reparti immédiatement, déçu. Non, je ne suis pas « pleine aux as ». Je suis une femme de trente et un ans, avec un mari routier et quatre enfants.)* Imaginez encore vos gamins traumatisés, votre mari meurtri par la découverte de votre passé qui, tout à coup, ne vous fait plus confiance et petit à petit en vient à soupçonner vos moindres mouvements au nom de ce passé qu'il n'aura jamais les moyens de connaître vraiment... Bref, vous avez vécu et vous vivez à nouveau quelque chose d'insupportable, et pour prix de vos confessions *(allez, fais-le pour Line*[1]*...)*, on vous parle comme à une criminelle et, par-dessus le marché, tout le monde vous traite de menteuse.

Parce que je suis une femme et une ex-prostituée, chacun se croit tout permis, imagine, par exemple, que je n'ai pas de sentiments maternels. Comme ces flics qui, un soir, veulent venir m'interroger chez moi. Je n'ai personne pour garder les enfants au pied levé. Or le sujet est dur : il s'agit de viols. Je leur réponds :

– Je ne peux pas parler de ça devant les enfants.

– Mais ils sont déjà au courant !

– Vous êtes fous, vous pensez que j'ai pu évoquer ces horreurs devant des mômes ?

Et ils prennent l'air étonné, comme si mon passé

1. Line Galbardi, assassinée dans la nuit du 2 au 3 janvier 1992, nous en parlerons au chapitre IX.

justifiait une « mauvaise » conduite pour le restant de ma vie.

Qui supporterait ça ?

Alors je pose la question : qu'est-ce que j'avais à y gagner, à tout déballer ? Quelle gloire ? Quelle revanche ? Ou même quel argent ? La réponse est triste à mourir : Rien. Rien à part ma vie présente détruite, mon amertume et mon désespoir.

Maintenant je vous propose un exercice, histoire de bien vous mettre dans l'ambiance : « Fermez les yeux et essayez de vous rappeler des scènes que vous avez vécues, il y a douze ans. Combien vous viennent spontanément ? Dites-moi si vous arrivez à vous rappeler comment était habillé le conducteur de la voiture qui vous est rentrée dedans le jour où vous avez eu votre accident ? *(Vous pouvez remplacer par un autre événement traumatisant que vous auriez vécu.)* Non ? Vous ne voyez pas ? Vous êtes sûr que vous avez bien toute votre tête ? Vous ne seriez pas en train de me raconter des histoires, de faire obstruction à la justice, d'inventer des trucs ? »

En tout cas, j'espère que le lecteur aura compris à travers ce simple exemple ce que j'endure depuis un an et demi. À force de tourner et retourner tous les petits détails, de les prendre à l'endroit, à l'envers et sur le côté, je finis par douter de moi-même et de ma mémoire. Un juge à qui j'en ai parlé récemment m'a dit que c'était normal. D'autres personnes sont moins indulgentes...

Pourtant, avant de raconter mon histoire, je voudrais préciser plusieurs choses...

D'abord, j'ai une certitude : je sais ce que j'ai vécu, et je dis la vérité, rien que la vérité. Mais je la dis à ma manière, celle de Florence – mon vrai prénom – qui n'a pas « d'éducation », qui n'a pas de « manières », qui sait à peine lire correctement, à peine comprendre le monde qui l'entoure, mais qui a du cœur, du courage et qui, comme nous tous, craque par moments quand on lui met trop la pression.

Ensuite, j'ai une hypothèse, pour ceux qui me traitent de menteuse : ils se font manipuler. Parce que ce que je dis implique trop de monde, parce qu'une « pute » face à dcs grands, c'est le pot de terre contre le pot de fer, parce qu'ils n'ont pas pu me faire passer pour folle – les experts les en ayant empêchés par leurs rapports favorables. Il leur restait une solution : celle de me traiter d'affabulatrice.

Il y a pourtant des choses que je ne raconterai jamais parce que je ne me rappelle pas les avoir vues. Je ne parlerai ici que de ce dont je suis sûre. Pour le reste, je continue, inlassablement, de me poser des questions.

À un moment, j'ai même proposé à la justice que quelqu'un vienne pour m'endormir et me faire sortir les souvenirs que je n'arrivais pas à atteindre. On appelle cela l'hypnose. On m'a répondu qu'en

France, ça ne se pratiquait pas. Dommage, j'aurais peut-être retrouvé des parties de mon passé, et surtout *ils* auraient vu que je ne mentais pas... Cela me semble bizarre qu'ils aient refusé cette demande : ça leur aurait peut-être apporté un peu plus de vérité.

À moins que ce ne soit pas ce qu'ils cherchent...

En tout cas, « l'affabulatrice » a plusieurs fois songé au suicide, rien n'étant plus intolérable que de se faire traiter de criminelle et mettre en examen alors qu'on est une victime. Ce qui me maintient en vie ? Ce sont mes enfants. C'est mon amour pour eux. C'est de savoir que si je les lâche, ils finiront à la DDASS. J'ai trop connu ce terrible parcours pour le leur infliger.

Il paraît que tous les gamins, quand il leur arrive des problèmes, croient qu'ils sont eux-mêmes coupables. Il suffit que leurs parents divorcent, ou leur donnent des coups de ceinturon ou qu'un traumatisme majeur se produise, et les mômes pensent que c'est leur faute.

Moi, je ne me souviens pas de m'être sentie coupable, petite. Mais aujourd'hui, c'est exactement ce que je ressens pour à peu près tout ce qui se passe autour de moi. Et c'est un sentiment bien lourd.

On a l'impression de vivre tous dans la même réalité, et pourtant, il n'en est rien. Il existe la même différence entre la Ville rose et la Ville noire qu'entre mes paroles et celles des gens qui n'ont pas eu ma vie. On utilise des mots communs, des mots que l'on pense réels, mais on s'aperçoit bien vite que c'est un langage de sourds. Comment faire pour se comprendre ? On me dit souvent que l'expérience des uns ne peut pas être transmise à d'autres, et je pense que c'est pour cette raison que les mots ne veulent parfois rien dire quand on essaie de parler de ce qu'on a vécu. Parce que les uns et les autres, nous ne partons pas de la même réalité...

Je veux que personne ne souffre comme j'ai souffert. Et même si je rencontrais un être rempli de défauts, je ne voudrais pas qu'il lui arrive ce que j'ai subi. Mais aux auteurs des forfaits décrits dans ce livre, je souhaite de tout mon cœur le pire. Tous les jours, je m'interroge. Car je les imagine le matin, fuyant leur reflet dans la glace, parce qu'ils ont la conscience qui déborde. Sauf qu'ils ont tant de chance qu'il ne leur arrivera peut-être jamais rien...

Toute petite, je rêvais de faire un livre. Seulement ce que j'écris aujourd'hui ne ressemble en rien aux histoires que je me racontais lorsque j'étais gamine. Je pensais que plus tard, j'écrirais un conte de fées. Un truc joli. Mais ce n'est pas le cas. Ce que je raconte est aussi sauvage que les barbares qui en sont la cause. Pas de quoi rêver, encore moins de quoi rire.

Ce doit être ma vie qui n'a pas tourné dans le bon sens...

PREMIÈRE PARTIE

LES ROUTES DU MAL

I

Bienvenue dans la Ville noire

Ce soir-là du début des années quatre-vingt-dix, le Cobra vient me chercher au Bateau ivre, mon bar-refuge en plein cœur de Matabiau, le quartier de la gare de Toulouse. « Mon » Bateau ivre, c'est un grand café d'angle, au coin du boulevard de Strasbourg et de la rue Bayard. Un endroit que j'aime pour son serveur homo, son patron... et la copine Cora qui, dans ses moments de folie, monte sur les tables, se déhanche, se démène et se défait sous nos yeux, son décolleté révélant presque son nombril, et sa jupe à l'avenant. Un bar toujours rempli malgré les heures tardives, les heures de celles et ceux de la nuit, ceux de la Ville noire dont jamais la Ville rose, dans son innocence, ne se doute.

On s'imagine que les deux villes se connaissent parce qu'elles sont sur le même territoire, mais non. Même les horaires sont différents : nous commençons à vivre au moment où « les autres » rentrent chez eux après leur journée de travail. Si vous passez vers deux ou trois heures du matin par la rue Bayard, une rue droite et sans charme qui mène à la gare, vous verrez des bars, des *fast foods*, les gens de la rue qui vont et viennent, font leurs petites affaires et se dispersent dans les rues alentour et sur les quais de la Garonne. Chacun son territoire, son emplacement, sa spécialité : putes ou travelos, homos ou bisexuels. Sans compter ceux de la came. Tout un monde. Glauque, bien sûr, mais actif, au turbin.

Deux villes, je vous dis. Ce que l'une fait, l'autre l'oublie, et vice versa. Il en va différemment pour les transfuges, les nantis qui s'invitent dans la cité de la nuit et l'exploitent pour mieux vivre leurs fantasmes.

Cela fait de nombreux mois que j'accompagne, et plus, le Cobra. Je commence à le connaître. C'est Monsieur « Moi, je ». Il ordonne, j'obéis. Je l'ai rencontré par mon intermédiaire, Monsieur Trois. Tout ça, c'est du beau monde, vous n'avez pas idée.

Peu bavard à son habitude, le Cobra me lance :

– Je te donne deux mille cinq cents francs pour la moitié de la nuit, l'autre moitié, on ira à la crêperie Saint-Romain.

Cette crêperie, ouverte jusqu'à sept heures du matin, se trouve à deux pas de la place du Capitole. C'est notre lieu de rendez-vous, à nous les noctambules, les marginaux. On s'y retrouve dans une cave voûtée aux pierres blanchies, on y mange, on y discute, on s'y repose aussi de la pression de la rue. J'aime l'ambiance.

J'accepte la proposition du Cobra. Non que j'aie le choix, mais bon.

Nous montons dans sa voiture. Comme s'il se parlait à lui-même, comme si j'étais, curieusement, absente du siège passager, il annonce : « On va dans un grand hôtel, j'ai pris une chambre. » Je réponds, tout aussi laconique, un « OK » à peine murmuré. Question d'habitude. Sur le chemin, nous n'échangeons plus un mot. Je ne demande rien, ce serait mal vu.

La voiture s'engage sur la place du Capitole, au cœur de la Ville rose. Juste avant de tourner dans la rue d'O, je reconnais un hôtel quatre étoiles. Le Cobra freine et immobilise la voiture sous le porche de l'établissement, laissant le véhicule aux mains du voiturier. Nous passons par-derrière. *(Pourquoi ? Je le saurai plus tard.)* Nous nous engouffrons dans l'escalier et montons. Je ne me rappelle plus si nous arrivons au premier ou au deuxième étage. L'hôtel me semble rempli de lumières, presque chaleureux dans son luxe tranquille. Je ne pense à rien, je marche avec mon client de la nuit.

Arrivé à la chambre, le Cobra ouvre la porte et s'efface pour me faire entrer.

La porte donne sur une sorte d'antichambre, et je me retrouve face à un mur, qui laisse seulement deviner le bout des lits. Je ne peux pas voir s'il y a d'autres personnes dans la pièce. À vrai dire, pourquoi y penserais-je ?

Je pénètre dans la chambre à peine éclairée d'une lampe de chevet, et là, mes sens se mettent tout de suite en alerte. Dans la pénombre, je distingue tout juste les protagonistes de cette scène. Se trouvent réunis devant moi : Monsieur X, un notable, la Faux, flic connu de toutes les filles de la rue, tous deux accompagnés d'un malabar qui traîne toujours avec la Faux.

Trois hommes, deux flics et une personnalité. Plus le Cobra, ça fait quatre. Un traquenard.

Je comprends alors qu'il ne s'agit pas seulement de passer un moment seule avec mon client. J'ai le cœur qui se met à battre très fort, je commence à me sentir mal. Pas le temps d'y réfléchir : le Cobra me jette sur le lit. J'articule à peine, affolée :

– Non, je ne veux pas !

Il a l'air furieux et emprunte la cigarette allumée de son copain le costaud. Il l'approche de mon bras pour me décider à coopérer. Comprenant qu'il vaut mieux obtempérer, je m'immobilise. Le Cobra en profite pour me saisir par les cheveux, pendant que la Faux m'arrache mes fringues sans ménagement. Je ne peux plus bouger. Je me mets à pleurer, à les supplier d'arrêter. Je les entends dire, en guise de bienvenue :

– Ferme-là, t'es qu'une pute !

Puis des mots s'échangent entre eux, je ne sais plus lesquels exactement. J'ai l'impression d'un langage codé, mais ce doit être la peur qui me joue des tours. Le Cobra continue de me tirer les cheveux *(il a dû en rester des touffes entières sur le lit, après)*. Pendant tout ce temps, Monsieur X, qui a déjà enlevé son pantalon et son slip, mais pas sa chemise à rayures, ne bouge pas. Il regarde sans rien perdre de la scène, tout en donnant des ordres, légèrement appuyé à la table qui sert d'écritoire. L'hôtel est chic, classe. Monsieur X aussi. Son petit sourire aux lèvres qui s'agrandit au fur et à mesure de ma déchéance, me fait penser, à l'heure de ces souvenirs, à celui d'un gosse devant une attraction à Disneyland.

Sauf que je ne suis vraiment pas à la fête...

Pendant que le Cobra me tient toujours par les cheveux *(et ça fait mal)*, la Faux me prend par-derrière *(et ça fait encore plus mal)*, puis c'est le tour de son copain, et enfin c'est le Cobra qui s'y colle. *(Sensation de souillure intérieure, perforation du corps et de l'âme.)* À un moment, oubliant toute prudence, je me mets à crier, alors ils m'immobilisent à nouveau. J'entends Monsieur X chuchoter de sa voix de chochotte, en tirant une bouffée de sa cigarette :

– Fais-la taire, cette salope ! Tiens ! *(Il tend sa clope au Cobra.)* Sur les bras et les fesses, des bonnes brûlures, ça lui passera l'envie de gueuler. *(Je n'ai crié qu'une fois, après je me suis mordu les lèvres, j'avais compris.)*

Et encore :

– Elle n'a que ce qu'elle mérite ! Vas-y,

tourne-la vers moi, que je voie son visage, à cette traînée !

Son rire me parvient, en douce, au milieu du souffle de mes bourreaux, et j'ai la certitude qu'il prend plaisir à donner ses ordres, tous plus humiliants les uns que les autres, traitant ces hommes dépravés comme des marionnettes grotesques manipulées par un maître sadique. Sans jamais se salir. *(Je dis ça aujourd'hui, avec un peu de recul, mais sur le moment, je n'ai fait qu'enregistrer les choses.)*

Entre deux sévices, je vois que Monsieur X ne bande pas le moins du monde. *(Est-ce pour ça qu'il est si cruel ?)* Ça me choque comme on ne peut pas imaginer. Je n'arrive pas à y croire, je n'aurais jamais pu penser que cela puisse exister : un homme ordonnant de telles saloperies que d'autres exécutent sans sourciller, avec jouissance et, en plus, il ne bande pas ! N'importe quel autre dans sa position aurait bandé...

Me brûler, me tirer les cheveux, me mettre des coups sur tout le corps, me prendre partout... Le temps me paraît plus long à chaque minute. Je réalise que plus je me débats, plus ils me font mal, et plus j'ai mal, plus ils prennent leur pied, alors j'essaie de me faire la plus molle possible. Je ferme les yeux, je me la boucle et j'attends que ça passe. Ça dure une éternité, je n'en vois pas la fin.

Longtemps après, ils en ont assez. Ils quittent la pièce, la tête haute. Moi, la mienne, elle est baissée. Mon corps, il est brisé. Tout ça, c'est crade. C'est trop crade.

Silence, douleur. Mon corps détruit. Mon esprit sans repères. La plainte de toute ma vie qui me hante, les sanglots qui montent mais ne veulent pas sortir : parfois, on voudrait crier, hurler à la mort, et on est tout étonnée de ne même pas y arriver.

Au milieu de la nuit, quelques heures plus tard, je trouve la force de partir à mon tour. Je sors de l'hôtel, mes vêtements en lambeaux, et marche dans les rues quasi désertes, vers le foyer où j'habite. J'ai mal partout, je n'arrive même plus à marcher, chaque mouvement me rappelle ce qui vient de se passer. J'erre dans les rues, c'est la nuit et tout à coup je prends conscience que je dois ressembler à une épave. Brusquement, j'ai la hantise, je me dis : « Imagine, tu croises les flics, ils te ramassent et ils te font la même chose. Et là tu crèves... » Jusqu'à ce que j'arrive à la porte du foyer, je n'ai que ça en tête.

Au petit matin, je me réfugie dans le studio d'une amie. Je me couche à même le sol, tremblante. Ma copine Sophie ne pose pas trop de questions. Elle me vient en aide, c'est tout. Je reste deux jours chez elle sans presque bouger. Sophie me donne de la nourriture, mais je refuse qu'elle me touche, qu'elle me prenne dans ses bras pour me consoler. Tout contact m'est intolérable. Je suis sous le choc. Parfois, je passe ma main sur mon corps pour sentir qu'il existe encore. Je me demande ce qui m'arrive : comment ai-je pu descendre aussi bas ? Comment ont-ils pu autant abuser de moi ?

Je me rends compte qu'ils m'ont fait subir une sorte d'essai, un dressage. Une de ces mises au supplice dont ils ont l'habitude, pour voir si une fille a des tripes ou pas. Je suis dégoûtée, mortifiée, abattue. J'ai l'impression d'une gigantesque claque qui n'en finirait pas de me secouer.

Bien plus tard, en 2003, lorsque j'ai raconté cette terrible scène devant un juge *(et Dieu que c'était difficile pour moi de parler de ça, surtout à un juge)*, celui-ci m'a demandé de mimer la scène devant tout le monde. Je l'ai fait, geste après geste, phrase après phrase. Puis je me suis assise, blanche, n'y voyant plus rien.

Alors le juge m'a lancé avec un grand sourire :

– Et ils t'ont payée ? Tu ne leur as pas demandé l'argent ?

Je comprends aujourd'hui qu'il disait cela pour des questions juridiques, mais sur le moment, quand je l'ai entendu, j'ai eu un haut-le-cœur et j'ai répondu :

– Vraiment ? Mais vous imaginez quoi ? Que j'y aurais pensé une seule minute dans mon état ? Pas même une seconde, ça ne m'a traversé l'esprit ! De toute façon, même s'ils me l'avaient donné, l'argent, je leur aurais dit de se le foutre au cul !

*
**

Ce sont des scènes comme celles-ci que j'ai essayé d'oublier, que j'ai rangées dans le placard de ma mémoire, enterrées du mieux que j'ai pu, parce que j'ai honte et mal.

Des scènes qu'un autre flic, honnête celui-là, est venu bien plus tard me demander de faire ressurgir du néant de ma mémoire. Je l'ai fait, non pas pour moi – rapporter ces horreurs, c'est les revivre – mais pour d'autres : les victimes et les coupables.

Ce sont encore des scènes semblables dans leur cruauté que je vais livrer ici, une bonne fois pour toutes, pour ne plus être obligée d'y revenir, car à chaque fois, la douleur se réveille et s'impose, intolérable.

À travers mon vécu, quelle que soit ma difficulté à le décrire, j'espère que chacun se fera son idée personnelle, par-delà ce qu'on a pu raconter sur moi.

Au lecteur de lire, et de comprendre !

II

Cauchemars d'enfance

La scène du chapitre précédent, je n'y suis pas arrivée par hasard. Tout vient de mon enfance. J'ai aujourd'hui trente et un ans, et je n'ai pas encore compris ce qui a bien pu se passer durant ces trente et une années. Autrefois, je ne croyais pas en la réincarnation. Aujourd'hui, je me dis que ma prochaine vie sera peut-être meilleure. Ça me console de m'imaginer en dauphin, doucement bercée par les vagues de la mer.

Pour écrire ce livre et aider mes souvenirs à revenir, j'ai voulu récupérer mon dossier à l'OT[1]. J'ai téléphoné à la secrétaire, que je connais bien. Elle

1. Organisme dont je tairai le nom, auquel j'ai été confiée le 14 octobre 1981 et qui s'est chargé de mes placements successifs, le coût étant réglé par la DDASS (Direction départementale de l'action sanitaire et sociale).

s'est montrée aimable avec moi. Rendez-vous a été pris.

Avant de partir de chez moi, une angoisse : et si j'allais découvrir des choses qui me traumatisent encore plus ? C'est chaque fois pareil : tout retour vers mon passé me trouble...

Me voici à l'OT, dans une petite rue de Toulouse. Pour venir jusqu'ici, il m'a fallu prendre le train, le bus et le métro ; une trotte de l'endroit éloigné où j'habite. En arrivant, je surprends une conversation qui me met tout de suite mal à l'aise. Deux employés sont assis. L'un dit à l'autre : « De toute façon, dans cette famille, ça se castagne, alors on a retiré les enfants... » Ces mots, immédiatement, résonnent en moi, il me semble revivre mon jeune âge, tout à coup ressuscité...

Quelques secondes plus tard, quelle n'est pas ma surprise, en entrant dans la pièce, de me trouver devant un homme froid, que je sens hostile. Il s'installe à son bureau et pose le dossier sur la table. Un dossier énorme. Il me tend des feuilles, une à une, je les regarde rapidement, mais il me les reprend aussitôt. À chaque fois, je tente de les lire. Je dis « je tente » parce que je dois avouer quelque chose : j'ai du mal à lire. Je n'ai jamais été forte à l'école. Certains mots sont trop compliqués, je mets énormément de temps à les déchiffrer. Et ça, je ne pense pas que beaucoup de gens le sachent, parce que cela me gêne de le dire.

Pourtant, le peu que j'arrive à entrevoir me réconforte : la plupart de mes souvenirs sont justes.

Lorsque j'arrive à garder une feuille en main un peu plus longtemps, je découvre avec émotion certaines appréciations de mes familles d'accueil : « A la tête sur les épaules. Fille serviable... ». Bien sûr, il y a aussi mes fugues et d'autres choses moins flatteuses. Cependant, tout n'est pas aussi noir que je le pensais. Je demande à faire des photocopies. Je m'entends répondre d'un ton sec :

– On ne peut pas en faire de tout. Certaines feuilles sont trop vieilles pour être photocopiées. *(Ah bon ? Entre vingt et quinze ans, c'est de l'archéologie ?)* De toute manière, vous n'aurez jamais tout, parce que nous avons jeté plein de choses. *(Ah bon ? « Ils » ont le droit ?)* Vous imaginez les tonnes de papier que cela représenterait, si on devait les garder ?

Je ne me démonte pas et je réponds du tac au tac :

– Ça, ce sera à vous de l'expliquer devant le juge. De toute façon, mon dossier, si je veux l'avoir, je l'aurai, et si c'est comme ça, ce sera mon avocat qui s'en occupera !

Je sens de l'énervement autour de moi. J'ajoute :

– Et même si vous ne voulez pas que je prenne ce que j'ai le droit de prendre, j'irai voir chacune de mes familles d'accueil, chacun de mes foyers, pendant des mois s'il le faut, mais je les aurai, les renseignements !

Rendez-vous est repris pour la fin de la semaine. En mon for intérieur, je me demande même si ce que j'ai vu tout à l'heure dans le dossier ne va pas disparaître dans l'intervalle. Puis je me dis qu'ils ne peuvent pas faire ça, car ils savent que j'ai des avocats avec moi.

J'ai la rage. Même reprendre des morceaux de mon passé pose problème. *(Pourquoi cette réticence ?)*

Finalement, je me retrouve avec quelques miettes d'informations. Le reste, ce qui a été détruit, à moi de le récupérer comme je le peux, au fond de ma mémoire malmenée, pour partager ces moments-là et tenter de donner l'idée la plus juste possible de ce que j'ai vécu. Avec toutes les questions qui restent posées, ces grands points d'interrogation dans ma tête.

*
**

11 janvier 1973, date maudite, celle de ma naissance, à Toulouse.

Dans les familles « normales » *(j'ai compris plus tard qu'une telle chose existait...)*, les parents aiment à peu près leurs enfants, et ces derniers ont tendance à faire plutôt confiance à leurs parents. Chez moi, ce n'était pas comme ça. Du tout. Ma mère m'a dit, un jour, que j'étais née dans un fossé. Je ne sais si elle m'a raconté la vérité. Une chose est sûre, c'est que nous, ses quatre enfants, sommes peut-être issus de quatre pères différents.

Celui avec lequel elle est quand je suis toute petite, celui qui s'appelle ML, je ne sais pas si c'est mon père ou non, mais je sais que lui et ma mère frappaient fort avec le ceinturon sur mon petit dos de gosse de trois ans. J'en ai gardé les marques jusqu'à maintenant. Pour ajouter une note de gaieté, disons que mon « père » n'a jamais réussi à aller plus loin, avec ma sœur et moi, que quelques attouchements pas très catholiques et contre nature. La honte m'empêche d'en parler en détail.

Entre mon père et ma mère, ça n'a jamais été une histoire d'amour. Ce fut plutôt une histoire de coups. Je revois les moments où ML nous frappe, ma mère, ma sœur et moi. Ou ce soir où je le vois pousser ma mère dans l'escalier sous le regard impuissant des voisins, restés sans réaction. Nous, les enfants, sommes réfugiés sur le canapé. Ni nos cris, ni nos pleurs ne semblent émouvoir notre « père », probablement bien imbibé d'alcool. Dans mes mauvais rêves, se rejoue souvent cette scène où je ne peux rien faire pour sauver ma mère. Je tente désespérément d'intervenir, de crier, d'empêcher l'inévitable. Mais jamais je n'y parviens, je suis toujours réveillée avant, trempée de sueur. Et la détresse profonde que je vis alors, je la retrouverai plus tard, dans une chambre d'hôtel, en 1992. Un autre cauchemar, celui-là malheureusement bien réel...

Mon « père », le roi du tiercé, a une nette prédilection pour les boissons fortes qui provoquent l'oubli. Durant le peu de temps que nous passerons ensemble, il ne se privera jamais de ses bonnes habitudes. *(Ma mère n'est pas en reste.)* Pour croiser aujourd'hui ce personnage, il faudra vous rendre du côté de S. Il y est toujours bien vivant, mais vous irez sans moi, car il refuse de me rencontrer, et je crois que je n'ai vraiment rien à lui dire.

J'ai deux frères.

Le premier s'appelle Bernard. Il est né bien avant moi. Je l'ai très peu vu dans ma vie, mais les souvenirs que j'ai de lui sont doux. Il avait un regard étrange, un œil vert et l'autre bleu. Je crois qu'on appelle ça « vairon ». Il a eu de la chance : il a passé son enfance chez ma grand-mère, à qui il a été confié par jugement. Cette dernière détestant ma mère, mon autre frère Simon et moi *(Pourquoi ? Le saurai-je un jour ?)*, j'ai juste croisé Bernard. Je rêvais d'aller habiter avec lui, petite.

Bernard, je le recherche toujours. Il serait – selon les dires suspects de ma mère – issu d'un taulard qui n'aurait jamais donné de ses nouvelles. Aucune de mes tentatives pour le retrouver n'a abouti. Ni ma sœur – qui le connaît bien –, ni ma grand-mère n'ont voulu me donner son adresse. Jamais. Il y a peu, il paraît que je vivais à quelques kilomètres de chez lui. Combien d'heures ai-je passé à essayer de le croiser ? Même si ma quête est sans espoir, je voudrais tant le revoir aujourd'hui...

Mon second frère va jouer un rôle très important dans ma sinistre histoire. Il s'appelle Simon, il est né très peu de temps avant moi, et c'est lui le roi de la maison. Ma mère lui passe tout. Mon « père » n'aime que son fils. Ce dernier porte le même nom que moi. Il sera mon compagnon de fugue, quand je serai plus grande. Et celui par qui le malheur arrive quand je serai plus adulte. Mais nous aurons l'occasion d'y revenir.

Ma sœur Valérie, née entre Bernard et Simon, restera avec moi jusqu'à ce que j'aie huit ans, à une époque où je pensais qu'elle était ma vraie sœur. Un jour, brusquement, nous serons séparées. Celle qui jusque-là était mon unique repère deviendra une étrangère, dont on me dira qu'elle n'est que ma demi-sœur, comme les autres de la fratrie. Je perdrai progressivement toute complicité avec elle, jusqu'à ce qu'elle finisse par devenir une sorte d'ennemie. Il y a quelques mois, elle a menti sur moi à la presse, tout comme mon frère Simon, et je ne suis pas près de les revoir. Qui les a convaincus, l'un et l'autre, de débiter de tels mensonges ? Avec quels arguments les a-t-on fait flancher ?

De mes frères et de ma sœur, aujourd'hui, il ne reste rien. Juste des chemins divergents, au mieux de l'absence, au pire de la haine, du mépris, de la méchanceté...

J'y pense souvent, et toutes les questions que je me pose restent sans réponse. Ce qui me frappe le plus, c'est que nous n'ayons jamais formé une « famille ». Pas d'affection de nos parents, passe encore. Mais ce qui me fait souffrir surtout, c'est que je n'ai jamais pu me sentir bien dans aucune autre famille. J'aurais tellement aimé...

III

Issiz

Grâce à l'ambiance qui règne à la maison, ma mère se retrouve un jour en dépression et ne peut plus s'occuper de nous, car elle a déjà beaucoup de mal avec elle-même.

À partir de cette période, elle va naviguer de petits boulots en grandes galères, de pressings en hôpitaux (en tant qu'auxiliaire), parfois sans domicile connu, au gré des hommes qu'elle rencontre. *(Jamais je n'ai réussi à lui faire dire la vérité sur sa vie, et par conséquent sur la mienne. Un jour, elle m'a suggéré d'aller tapiner parce qu'il lui manquait mille cinq cents francs pour payer son loyer. J'y suis allée, en espérant que notre relation s'améliorerait. Il n'en a rien été. J'aurais tant voulu qu'elle m'aime vraiment...)*

En cette année 1977, exsangue après le départ de ML, elle demande au juge de nous confier, ma sœur Valérie et moi, à un établissement. On nous enlève de chez nous pour nous placer dans une institution religieuse, à Issiz. Mon frère Simon sera confié plus tard à une maison d'enfants pour les garçons, ailleurs.

Issiz est un village situé dans la banlieue de Toulouse, derrière le quartier hospitalier de Rangueil. L'institution est composée d'un bâtiment de deux étages, construit en partie au XIXe siècle pour ce qui est des dortoirs, et en partie dans les années soixante pour certaines salles de classe. Une statue de la Vierge, entourée de verdure, les mains ouvertes et le sourire aux lèvres, occupe le centre d'une cour bordée d'une construction en « U » et fermée par un portail de fer forgé ouvragé. D'autres bâtiments administratifs, la cour de récré et les écuries, sont dispersés dans la nature, très présente dans ce bourg.

Nous ne sommes que des filles, nombreuses. Ma sœur Valérie, que j'appelle à l'époque Néné, représente un peu ma seconde maman. Elle me protège, je la sens très présente. Elle me défend. Elle et moi, avec nos trois ans d'écart, ne sommes pas assez souvent ensemble. C'est du moins ce que je ressens. Quand j'arrive, j'ai autour de quatre ans. Je partirai dans des circonstances que j'estimerai toujours tragiques, vers l'âge de huit ans. *(Durant toutes ces années, je n'ai pas compris pourquoi on nous faisait revenir chez nos parents en fin de semaine.)*

À l'institution, les sœurs ne sont pas méchantes. Juste un peu sévères, mais il y a de quoi. *(Du plus loin que je me souvienne, je n'ai jamais pu me résigner vraiment à quoi que ce soit. Toujours, une étincelle de révolte brillait en moi.)*

Et pour le moment, l'étincelle de rébellion fait des siennes : j'ai trouvé un copain, un Black avec qui je m'entends bien et dont j'ai oublié le nom, puis des copines pas trop bégueules et nous faisons les quatre cents coups ensemble. Des tours pendables comme, pour moi, de demeurer introuvable pendant des heures, ou de soulever ma jupe devant les sœurs, ou de faire trop de bruit : tout pour attirer l'attention à défaut d'affection. Les punitions, bien sûr, pleuvent...

Parmi celles-ci, l'une reste mémorable car elle se répète souvent : on m'enferme dans la cave. On appelle ça le cachot. C'est là que j'ai commencé à prendre l'habitude de coucher par terre, à même le sol, car il n'y avait pas de lit. On me donne une couverture. Je m'enroule dedans et le sommeil, étrangement, vient vite. Comme j'enchaîne les conneries à une vitesse impressionnante, j'en arrive à devancer la sanction, à descendre de moi-même dans ce lieu infect, que, progressivement, je transforme... en refuge. Je n'en ai eu conscience que plus tard, mais cet endroit est devenu, pour la petite fille que j'étais, un lieu sacré : un havre de paix où personne ne venait m'embêter. J'en ai gardé longtemps l'habitude de dormir par terre. Ou plutôt, d'être incapable de bien dormir dans un lit...

Pas d'affection, effectivement, à Issiz. Sauf cette femme noire comme l'ébène, Fêtnat, qui de temps en temps prend ma défense face à la sévérité des sœurs. Elle a de larges épaules bien carrées qui me rassurent. Elle est impressionnante tellement elle est énorme. Je l'ai revue, il y a trois ans, elle habite un quartier modeste de Toulouse. Elle m'a immédiatement reconnue, même si nous ne nous étions pas vues depuis quinze ans. Elle m'a parlé des bouffes[1] qu'elle me mettait quand je n'étais pas sage... et nous avons bien ri ensemble. Elle était adorable et ses claques ne faisaient vraiment pas mal.

Dans la catégorie bons souvenirs, il y a les chevaux qui vivent sur le terrain de l'institution. On peut aller les caresser, sentir leur odeur. Je me rappelle les sorties à cheval ou en calèche, vers les hauts d'Issiz. Des moments de liberté, de bonheur, que j'attends chaque fois avec impatience. Toute ma vie j'aimerai le contact avec les chevaux, et plus tard, j'aurai une passion pour les motos, leurs remplaçantes modernes.

Même si les religieuses nous enfermaient parfois dans la cave, elles ne nous frappaient qu'exceptionnellement. Et encore, de façon bien légère. Ce n'était bien entendu pas le cas de nos parents. Et cela donnait une situation étrange : du lundi au vendredi, Valérie et moi étions dans une certaine sécu-

1. Claques.

rité, en tout cas pas malheureuses. La fin de la semaine, en revanche, c'était l'enfer. Nous redoutions le retour dans le « cocon » familial, et dès le jeudi, nous y pensions avec angoisse. Souvent, je refusais de partir de l'internat. *(C'est consigné dans mon dossier.)*

Chez nous, c'était les coups de ceinturon, les gifles, aucun signe de sympathie : nous vivions le quotidien de la maltraitance dans toute sa banalité. J'éprouvais en permanence un sentiment d'injustice. Je n'arrivais pas à me faire à ces week-ends d'horreur. D'où des moments de violente révolte : nous avons plusieurs fois mis le feu aux rideaux de notre chambre ou à ceux de la salle à manger, et surtout, j'ai souvent jeté dans le vide-ordures tous les papiers d'identité de nos parents qui passaient à notre portée. Comme si, par ces gestes désespérés, nous tentions de faire disparaître ces méchantes personnes dans la profondeur des égouts.

Quand les tournées étaient trop fortes, il m'arrivait de ne presque rien ressentir, tellement la priorité était d'éviter de se faire tabasser davantage et de ruser pour esquiver le cuir et la boucle de métal meurtrière. Je me suis laissé dire par des psychologues que pas mal d'enfants maltraités présentaient cette forme particulière de manque de perception. Une manière d'auto-protection, en quelque sorte, comme un déni de la douleur : elle disparaît du corps pour que l'âme puisse se sauver.

C'est à cette époque que mon frère Simon et moi avons pris l'habitude de fuguer.

*
**

Cette période – calme à Issiz, agitée à la maison –, prend fin brusquement et de manière incompréhensible pour la petite fille que j'étais, à huit ans.

Je suis dans la cour de récré de l'institution religieuse, bordée de salles de classe. C'est, je crois, un matin d'octobre. On entend les hennissements des chevaux dans leurs boxes et j'ai hâte de les rejoindre. Nous jouons à la marelle, les copines et moi, sous la surveillance de Fêtnat. Soudain, des gens s'approchent de moi. Ils sont trois. Au début, je ne les vois pas, je croise juste le regard de ma copine qui, elle, les a vus. Je lève la tête. Ils sont horriblement grands. Leurs habits sont gris, leur bouche est déjà tordue par le mensonge. L'un d'entre eux pose la main sur mon épaule. J'ai toujours détesté qu'on me touche. Sa voix résonne encore à mon oreille :

– Allez ! On y va ! On vient te chercher !

– Mais j'ai pas fini mon jeu !

– Il faut venir avec nous et être bien sage !

– Mais où on va ?

– Ça, on te le dira plus tard, ma petite !

– Et ma sœur ?

– Ta sœur ?

Ils marquent un temps d'arrêt, je les entends parler entre eux. Les mots me frappent au cœur :

– Ta sœur, il vaut mieux ne pas lui dire au revoir et venir avec nous directement.

Est-ce parce que je sens qu'ils me mentent ? Ou parce que je pressens que plus jamais je ne serai proche de Valérie ? Je me mets à hurler que je ne veux pas partir, je tente de leur résister. Je m'accroche à une barrière qui se trouve entre la cour et le terre-plein sur lequel nous sommes maintenant. En vain. D'une main ferme, ils m'entraînent loin de cette paix relative, et surtout, loin de mon seul repère. La cour, les bâtiments, les chevaux, l'odeur du crottin et des herbes, la silhouette de Fêtnat, tout bascule, chavire et disparaît. Je suis brisée.

Bien plus tard, je me souviendrai. Je comprendrai alors que peut-être j'avais été un peu trop loin dans les « conneries ». *(Est-ce pour ça que j'ai été retirée d'Issiz, alors que ma sœur y est restée ?)* Ce serait à refaire aujourd'hui, je crois que j'irais plus souvent au catéchisme et moins souvent à la cave... Mais il est clair que la petite Florence de l'époque n'avait pas les moyens de comprendre quoi que ce soit.

Pour l'heure, j'ai l'impression que le mauvais sort s'acharne. Alors je me réfugie par terre pour dormir, avec mon doudou. Celui-là même qui me servira de talisman, des années plus tard, pour tenter de calmer ma tristesse. Trois bandanas noirs noués ensemble, déchiquetés par le temps, devenus ternes et élimés, mais ayant conservé leur pouvoir contre le malheur et l'angoisse. Et leur odeur d'amour perdu.

*
**

Depuis ce temps de l'enfance, jamais, pas une seule seconde, la peur ne m'a quittée. Une peur aux cent visages, qui s'exprime à travers un mauvais rêve – encore un. Des fantômes sans traits tentent de m'attraper, me frôlent. Les ombres me poursuivent, insistantes, diaboliques. Je me réveille en sursaut, en sueur, les sentant tout contre ma peau. Elles sont encore là, tout près. Elles m'ont touchée, j'en mettrais ma main à couper.

Aujourd'hui, je me demande pourtant si la réalité n'est pas souvent plus terrible que le pire des cauchemars.

IV

Familles d'accueil

La séparation d'avec ma sœur est tellement forte, tellement douloureuse pour moi qu'à partir de ce moment, mes sentiments de révolte et d'injustice ne me quitteront plus. En relisant mon dossier de l'OT [1], il est clairement écrit que ma sœur, autant que moi, souffre beaucoup de cette rupture [2].

L'arrivée dans ma première famille d'accueil n'est pas brillante. Je suis prostrée, je demande sans arrêt à voir Valérie. Un seul regard à la femme supposée me servir de mère, et déjà je sais que je ne l'aimerai pas. Je fais tout de suite la connaissance d'un petit garçon de mon âge, Guillaume, lui

---

1. C'est à partir du moment où je quitte Issiz que je suis confiée par le juge des enfants à cet organisme dont, je le redis, je tairai le nom.

2. En ce qui concerne ma sœur, elle restera à Issiz pendant de nombreuses années, puis, à l'adolescence, sera mise dans le même foyer que moi, mais pas au même endroit. Elle ira vivre un temps chez ma grand-mère maternelle.

aussi placé, qui me regarde avec des yeux du style : « Toi, je ne vais pas te laisser me prendre la place ! » Je me sens donc, comme souvent, « de trop ». Pour moi, Guillaume, arrivé dans la famille bien avant moi, sera toujours le chouchou, celui qui a le droit de faire des choses qui me sont interdites.

Je dois vraiment avoir besoin d'attention, car un jour, je « vole » la bague de ma mère d'accueil. *(Est-ce que c'est ça, voler ?)* De toute façon, je n'aurais certainement pas su quoi faire d'un bijou de valeur. Non, il est clair aujourd'hui que je voulais simplement exprimer ma tristesse et ma frustration.

D'ailleurs, je ne fais que partir à l'école avec cette bague dans mon cartable et je l'ai complètement oubliée lorsque je vois ma mère de remplacement à la porte de l'établissement. Elle n'a pas l'habitude de venir me chercher, aussi je suis tout étonnée. Elle a l'air furieuse.

– Rends-moi ma bague ! *(Ce sont ses premiers mots.)*

– Quelle bague ? *(J'avais oublié... Tout à coup, je me souviens et péniblement, j'atteins le bijou au fond de mon cartable et le tends en tremblant.)*

– C'est pas trop tôt, crache-t-elle en prenant l'objet et le mettant à son doigt.

Alors, d'un geste énorme et imprévu, elle me balance une claque qui me fait presque tomber. J'ai gardé longtemps, très longtemps la marque de la bague sur mon visage. Aujourd'hui, quand je suis fatiguée, il me semble la voir encore, même si d'autres marques sont venues, depuis...

Probablement à la suite de cette scène, ou bien après une fugue, ma famille d'accueil demande d'urgence à être déchargée. Il ne peut rien m'arriver de mieux.

On me fait rencontrer un juge pour enfants puis on me place au foyer Saint-Vincent-de-Paul, à Toulouse. Dans le dossier, on peut lire : « Dès le départ, Florence s'est très bien adaptée au foyer, ce changement de placement l'ayant soulagée. »

Plusieurs fois par semaine, je vais voir un psychologue du CMPP[1]. Une période relativement stable pour moi *(bien que je ne me souvienne pas de tout)*, surtout à partir de mes douze ans, où je vais le week-end dans une famille d'accueil que j'aime bien. C'est à l'Isle-en-Dodon. Un lieu où je me sens comprise, même si les parents ont une petite fille à eux. Je me rappelle les lits jumeaux dans lesquels nous couchions, le « bonsoir » des parents, les moments de tendresse. Je demande à passer les vacances d'été en leur compagnie. Je les aide dans les champs, travaille avec eux ; ils sont un peu sévères, mais je les aime beaucoup, ils me respectent et ne me battent jamais. Tous les jours, je me rends au local d'une petite radio, j'aide à classer les disques, je fais la connaissance des animateurs, on rigole bien et j'écoute les chansons de

1. Centre médical psycho-pédagogique.

Francis Cabrel. Un semblant de stabilité, une période d'accalmie dans le ciel si tourmenté de ma petite existence...

Un jour, on me retire de cette famille. Je me sens à nouveau complètement déstabilisée. Triste, aussi. Je ne comprends pas pourquoi on m'a fait ça. Aujourd'hui encore, j'ai un blanc, un trou de mémoire : je n'avais pas fugué, je me sentais bien avec ces gens-là. Peut-être n'ont-ils plus voulu de moi ? Alors je regarde dans mon dossier et je vois que ma mère – la vraie – a refait surface. Voilà ce qui s'est passé, c'est écrit noir sur blanc : « Hélas, Madame Y contacte le service, désireuse de revoir sa fille alors qu'elle ne s'était pas manifestée depuis juin 1984. » Nous sommes en décembre 1985, ma mère n'a pas donné de ses nouvelles depuis un an et demi...

Elle réapparaît donc dans ma vie, et c'est à nouveau la catastrophe. Nous tentons de vivre ensemble pendant quinze jours, sans possibilité d'entente. Je ne me souviens pas exactement, mais je peux parfaitement imaginer ses tentatives pour jouer à la maman, essayer de me récupérer maladroitement ; et mon rejet immédiat et violent car je sais bien, dans mon for intérieur d'enfant, qu'elle triche. Pas méchamment : elle ne s'en rend pas compte, elle ne sait tout simplement pas comment on fait, quelle est la bonne attitude. Personne ne lui a appris. La maman que j'aurais voulu avoir n'existe que dans mes rêves. Quand ma mère n'est pas là, je peux me raconter ce que je veux, mais quand je l'ai en face de moi, je suis bien obligée de revenir à la triste réalité : cette femme n'est qu'une parodie, ça n'est pas possible, elle ne peux pas être ma mère. *(Et je ne peux pas non plus lui expliquer ce que je voudrais qu'elle soit : je l'ignore et je n'ai pas les mots pour le dire.)* C'est une angoisse intolérable, qui monte et m'envahit, provoque des disputes sans fin, des débuts de violence, de la hargne. Jusqu'à ce qu'il n'y ait plus qu'une seule issue : la fugue, encore une fois.

La seringue

Je ne sais pas si vous avez déjà vu une seringue pour les chevaux. C'est très gros et très long. En tout cas, dans ma mémoire, c'est monstrueux.

La veille, j'étais arrivée chez un membre de ma famille maternelle *(le seul côté de la famille que je connaisse.)*. Ce que je voulais ? Avoir de l'affection, trouver un refuge, être loin de cette mère qui me glaçait. En fait, je m'aperçois aujourd'hui que c'était encore elle que je cherchais en me rendant dans la maison de cette autre femme. Dur de se faire une raison...

Épuisée par ma longue cavale, je m'étais couchée...

Le lendemain matin, quand je me réveille, je vois les flics à mon chevet. Je me lève en sursaut. Ils me montrent un objet impossible, que la femme aurait « trouvé » dans l'armoire de la chambre : une énorme seringue pour les chevaux. Je ne comprends pas. Je le leur dis. Ils me demandent, méfiants, d'arrêter de raconter des mensonges. Puis me fouillent des pieds à la tête. Ce n'est que petit à petit que je me rends compte que la personne chez qui je suis les a bel et bien appelés, en leur racontant que je m'étais shootée avec la seringue et qu'il fallait venir me chercher.

J'ai douze ans. De la drogue, je n'en ai jamais vu. Au cours de ma vie, d'ailleurs, j'en rencontrerai, mais jamais je n'y toucherai. Et pour cause, on va comprendre.

Les flics se saisissent de moi. Je proteste, je pleure, j'essaie de m'expliquer. Néant. La femme maintient sa version des faits. Je ne rencontre pas son regard, elle évite le mien. Quelques heures plus tard, elle signe la déposition qui lui permet de m'écarter définitivement, de me faire passer une fois pour toutes l'envie de me réfugier chez elle. Que les flics ne fassent aucune investigation sérieuse, et croient à ce point ce qu'on leur a raconté, cela reste un mystère pour moi...

La conséquence, c'est cet internement avec les fous, au complexe hospitalier de F, au service du docteur R. Venue au départ pour une consultation, j'y resterai plus de six mois...

Je suis outrée, je n'en peux plus, je ne comprends pas pourquoi le sort s'acharne sur moi et, bien sûr, j'essaie de m'échapper. Toutes les occasions sont bonnes : sorties à la piscine, portes entrouvertes. Je bouscule les infirmiers, et à moi la liberté ! Sauf qu'au bout de quelques centaines de mètres, on me rattrape toujours. On m'enferme alors dans la chambre d'isolation, une pièce nue, capitonnée avec de la mousse, meublée d'un simple lit en béton, dans laquelle je passe mon temps à taper contre la porte. Aucun bruit ne parvient au-dehors. Vous pouvez crier tant que vous voulez, vous ne dérangerez personne. J'y ai passé des heures. Mais jamais plus de vingt-quatre heures d'affilée. En sortant, chaque fois, je promettais de ne plus recommencer.

Je pense maintenant que si je m'étais résignée, je serais certainement devenue folle. Réellement, cette fois. Ce qui me mettait encore plus la rage, c'était de devoir parler avec tous ces psys, persuadés que j'étais droguée, alors que je n'avais jamais touché à ça de ma vie.

Je me souviens que je suis quand même arrivée à faire une connerie dans ce truc. Côté drogue, justement... Il y avait un type complètement dérangé qui sniffait de la colle. Un jour où j'en avais vraiment marre d'être là, j'ai voulu essayer. Ça n'était pas triste ! La seule fois où j'ai pris quelque chose dans ma vie ! C'était un tube de colle d'une marque bien connue, je l'ai chopé et j'ai fait comme le type.

C'était vraiment nul : ça vous faisait voir des espèces de lueurs et surtout, j'ai eu très mal à la tête ! En plus, ça puait.

Tous les jours, on nous donnait des cachets, et là aussi, je suis contente d'avoir résisté. Je les mettais sous la langue dès qu'*ils* avaient le dos tourné. Les trois quarts du temps, je les recrachais et *ils* ne s'en apercevaient pas. Et quand j'étais obligée de les avaler parce qu'ils me regardaient trop, j'allais aux toilettes le plus rapidement possible, et je me faisais vomir. Lorsque je suis sortie de là, ça m'est resté : je mangeais, je mangeais et après je me faisais vomir. J'avais pris ce vice. C'est resté un moment, puis ça a disparu. Mais à l'asile, ce geste me calmait. Il me mettait hors de danger. Pas question que je prenne ce que les drogués et les fous ingurgitaient : je n'étais ni l'un, ni l'autre.

La chambre capitonnée m'a quand même marquée : encore aujourd'hui, je ne supporte pas d'être enfermée dans une pièce. Et pourtant, je l'ai été plus d'une fois !

Curieusement, ce service hospitalier a brûlé, il y a trois ans, et tous les dossiers ont disparu. Je retrouverai plus tard cet endroit mortifère, nous le verrons. Il se trouve que plusieurs de mes « collègues » du tapin sont passées par là...

Au sortir de cet épisode très dur pour moi, on me met dans un foyer d'accueil dans l'Aveyron, près de Villefranche-de-Rouergue. Un foyer de la

DDASS comme il en existe sans doute beaucoup. J'y rencontre des filles aussi paumées que moi. Lisa, Caroline, et quelques autres. Nous formons une petite bande, nous discutons pendant des heures, nous racontant le même genre de parents et d'errances. Le « hasard » fera que nous nous retrouverons, bien plus tard, dans la Ville noire de Toulouse, sur le trottoir...

Une anecdote m'a été révélée par un juge, il y a peu de temps *(mais est-ce bien une anecdote ?)* : c'est une certaine personnalité qui a signé mes papiers d'admission dans ce foyer, un homme que je retrouverai aussi dans la Ville noire. Je ne le sais pas à l'époque, mais je viens de rencontrer le Cobra par papiers interposés.

En attendant, je suis une catastrophe au bahut. Je n'ai jamais – depuis Issiz – aimé l'école. Et la situation n'est pas près de s'améliorer. Quand j'ai le « wouhaïlle » *(mon mot à moi pour dire « j'ai le bordel dans la tête ». En fait, c'est tout qui se mélange et plus moyen de m'y retrouver...)*, quand j'ai le « wouhaïlle » donc, je prends le bus au lieu d'aller en classe. Ce qu'il y a de bien avec les transports en commun, c'est qu'on ne vous pose pas trop de questions. Je fais des tours de ville comme d'autres font des tours de manège. Cela me distrait, je vois des choses nouvelles, parfois je m'endors tranquillement et cela m'évite de traîner dans la rue.

Françoise et Jean-Yves

Un jour, vers mes quatorze ans, arrive cette rencontre avec un couple de restaurateurs d'une petite commune aveyronnaise... Je les appellerai Françoise et Jean-Yves. Ils sont propriétaires d'un hôtel-restaurant où j'entre un matin, avec les copains, pour boire un chocolat. Nous venons de passer la nuit dans un wagon. Le train, stationné dans un coin de la gare, nous a semblé une bonne idée pour vivre un moment un peu magique. Mais nous avons eu tellement froid pendant la nuit que nous avons allumé un petit feu dans le wagon, inconscients du danger. Le matin, nous avons cherché à nous réchauffer, et nous voilà dans cet établissement...

La conversation s'engage. Immédiatement, je me sens bien dans cette atmosphère paisible, propre, calme. Le couple me plaît beaucoup et j'ai tout de suite envie de me confier à eux. Ce que je fais. Et là, début de miracle : ils m'écoutent !

Peut-être est-ce la première fois que des adultes s'intéressent vraiment à moi. En tout cas j'ai cette impression. Je me sens tellement bien que j'en oublierais presque mes peurs. Suite du miracle : ils n'ont pas d'enfant ! Je me réjouis : si personne n'est à la place que je voudrais tant occuper... alors cela veut dire que je peux la prendre ?

Je n'ose y croire. Jour après jour, je reviens chez eux, essayant de me rendre utile au bar. J'aide aussi en salle, je sers les clients, je fais un brin de ménage. Ils me laissent travailler comme je veux et me donnent un peu d'argent. Bientôt, j'ai l'immense fierté de pouvoir m'acheter quelque chose pour la première fois. C'est une paire de chaussures.

Parfois Françoise et Jean-Yves me permettent de dormir à l'hôtel. C'est vrai que mon foyer d'accueil, je n'ai jamais envie d'y être, quand je le compare à l'établissement de Françoise et Jean-Yves et aux bons moments passés avec eux. Alors je me mets à sécher les cours et à venir les voir de plus en plus. La situation devient très tendue avec les éducateurs, de plus en plus soupçonneux...

Au restaurant, je me sens aimée, attendue. Et quel n'est pas mon bonheur lorsque Jean-Yves et Françoise me disent un soir, d'un ton un peu solennel, qu'ils veulent m'adopter ! J'en rêve la nuit. Je n'ose en rêver le jour. Malheureusement, j'ai raison de brider mon espoir.

Le temps passe... Je ne comprends toujours pas pourquoi leur demande d'adoption n'est pas acceptée. *(Il n'y a rien dans mon dossier à ce sujet.)* À l'époque, j'imagine que les fonctionnaires du foyer ne sont pas contents quand ils s'aperçoivent que j'ai des nouvelles chaussures et se demandent avec quel argent je les ai achetées. Ou d'autres choses encore... je ne sais pas...

Me voilà de nouveau transférée, enlevée de mon foyer, et surtout, de ceux que j'avais commencé à aimer. Mon cœur est en mille morceaux. Il est vrai que je commence à avoir l'habitude de ce genre de rupture. L'habitude aussi de me sentir manipulée, sans choix ni recours, comme si ma vie, vraiment, ne m'appartenait pas et ne m'appartiendrait jamais. Je ne veux pas partir. Je me sens déchirée. Je tente de m'enfuir, en vain. Et tout au fond de moi, une petite voix bien méchante me dit qu'il vaudrait mieux me protéger un peu mieux en n'aimant plus jamais. Personne...

Adieu, Françoise et Jean-Yves ! Avec le recul, je me demande quel aurait été mon chemin si j'avais pu rester près de vous. Aurais-je vécu toutes les horreurs qui me sont arrivées par la suite ?

*
**

Trop de familles, de foyers, de lieux. Trop de fois je me suis attachée, trop de fois on m'a arrachée. Tout cela aurait dû me détruire. Et pourtant, je ne me suis pas laissé faire, puisque je suis toujours en vie. Qui plus est saine d'esprit, comme les psys l'ont dit, en 2003, dans leur rapport...

V

Mise en place du décor

À partir de mes quinze ans, ma vie prend un nouveau tournant. Je perds petit à petit mon innocence. On peut se dire qu'avec tout ce qui m'est déjà arrivé, je dois déjà être « affranchie » sur pas mal de choses. En fait, ce n'est pas le cas. J'ai vécu tant de déceptions, de tristesse, de révoltes et de maltraitances, que je me suis réfugiée dans mes chimères. Comme beaucoup d'adolescentes, même celles qui n'ont pas mon parcours, je rêve d'amour, de châteaux et de princesses sauvées par de gentils chevaliers. De plus, je fantasme toujours sur une impossible maman qui correspondrait à mes désirs enfouis et viendrait, une fois pour toutes, m'arracher à mes cauchemars et ma vie morcelée. Je suis vulnérable, on dirait que j'attends un sauveur... Avec quelle facilité je vais tomber dans le panneau ! Et quand, enfin, je prendrai conscience de ce qui se passe autour de moi, il sera trop tard : je serai pieds et poings liés à la merci d'odieux personnages.

Le milieu de la nuit et mes idées de « gaffette[1] », ça va vite faire deux. Il m'est impossible d'imaginer la cruauté de ce qui m'attend.

Foyer d'accueil de M, à Toulouse

Pour bien se représenter les lieux, il faut imaginer un foyer en plein cœur de Toulouse, dans une de ces rues étroites et passantes qui prennent leur source à la Garonne pour venir se jeter dans le trafic de la place du Capitole. Le foyer, c'est d'abord ce qu'on en voit de la rue : une façade du XVIIIe siècle, d'une cinquantaine de mètres, trois étages aux grandes fenêtres, avec une énorme porte peinte en vert, surmontée de la statue de la Vierge. En face du foyer, le bar de Monsieur B, un ami du Cobra *(encore lui)*. Un minuscule troquet où nous traînons le soir, sous les néons.

Dans ce foyer, nous sommes douze filles de quinze à dix-huit ans. Nous habitons dans des studios avec kitchenette, ce qui nous donne une certaine indépendance. Ces petites habitations sont disposées autour d'une cour agréable, une sorte de jardin. Il n'y a pas de salle commune, juste le bureau des éducateurs. On peut venir s'y réunir parfois. Bien entendu, même si nous avons le droit de recevoir des visites, personne n'est autorisé à passer

1. Petite fille, dans mon langage.

la nuit avec nous. Mais à cet âge, on a envie de prolonger les soirées. Alors lorsque nous rentrons le soir, nous laissons notre visiteur en attente à la porte, nous sonnons, entrons, passons devant la surveillante et attendons qu'elle soit assoupie, ou à l'autre bout du bâtiment. Nous ouvrons ensuite la porte pour faire entrer le « copain ». Puis on va vers la chambre, et là, on passe la nuit à écouter de la musique, à se marrer... J'ai – et tant d'autres avec moi – beaucoup pratiqué ce genre de feinte. Je me suis fait piquer parfois, sans grandes conséquences.

Pour vivre, nous avons cinquante francs par semaine, ce qui est supposé nous permettre d'acheter notre nourriture, une partie de nos vêtements et nos sorties. C'est impossible. Les filles finissent toujours en galère, ou à faire le tapin, ou à magouiller pour avoir des thunes.

Même pour une sortie de temps en temps, un peu de maquillage et de quoi s'habiller de manière sympa, ce n'est pas assez. *(Dans la presse, les journalistes ont dit que j'aimais les fringues et le luxe. Les gens ont tout de suite pensé qu'il s'agissait de grandes marques de haute couture... En vérité, simplement entrer dans un magasin comme ça, je n'en ai pas envie ! En plus, ce n'est pas du tout mon style...)*

Donc, les autres filles et moi, on est là dans ce foyer, avec l'impression de tourner en rond. Très vite on apprend à faire le mur et à tromper la surveillance. À se tirer en douce pour aller dans la ville. C'est comme ça que tout a commencé. Par des cafés, des bars, et les copains de mon frère. Par des nuits dans la Ville rose qui est devenue, progressivement, la Ville noire.

Simon

Je ne suis pas Simon, je suis Florence. Je ne « balance » pas. Ce qui signifie que je dirai le minimum sur les activités de mon frère. Je n'ai pas envie de lui causer d'ennuis. Mais j'en dirai suffisamment pour qu'on comprenne qui il est, et le rôle qu'il a joué dans ma vie.

Mon compagnon de fugue quand j'étais petite, celui qui venait me chercher pour qu'on fasse le mur ensemble, mon aîné à qui je me rattachais naturellement, le grand frère, celui-là aussi est devenu un étranger, petit à petit.

Au début, les fugues, c'était notre secret à tous les deux. Il arrivait, me disait « Allez, tu viens », et nous disparaissions. Nous allions chez ma mère, qui ne nous gardait jamais longtemps, ou chez le père de notre frère Bernard, quand il était là. Nous adorions ses deux chiens, des bergers belges, Rolf et Platch, avec qui nous nous amusions pendant des heures. Une récréation bienvenue dans notre monde de brutalité.

Pendant une période, je suis restée sans voir mon grand frère. Normal : il fréquentait souvent les maisons de redressement, pour une connerie ou une autre. Il a séjourné dans un certain nombre de ces établissements éducatifs autour de Toulouse. Je le voyais, je ne le voyais plus, c'est une des lois de ma drôle de famille.

Je me souviens pourtant de nos retrouvailles, vers 1987, chez ma mère. J'ai quatorze ans, lui quinze, nous avons treize mois d'écart. Il est plutôt grand, maigrelet, mais d'une énergie forte, toute concentrée, sûr de lui. Cela m'impressionne. Bien entendu, il trouve en moi le public idéal, une fille qui le regarde un peu subjuguée. Il me décrit par le menu ses activités d'apprenti truand, ses amis, les bagnoles, les filles et autres réjouissances. Dans ses habitudes, les petits braquages entre copains, le vol de voitures toutes marques confondues. La grande vie, quoi ! *(En tout cas, pas la mienne !)* Ce week-end-là, il tente de rétablir la complicité que nous avions avant, de se rapprocher de moi. Avec le même passé, nos vécus se ressemblent, à quelques détails près. Contrairement à mon autre frère et à ma sœur, qui ont connu moins de chaos.

Un peu plus d'un an après ce week-end, fin 1988, je me retrouve au Foyer de Toulouse, et cette fois, mon frère a franchi quelques degrés de plus. Il a été au gnouf, il en est sorti, il a un avocat qui, paraît-il, se fait payer en espèces. Et il a des filles « qui lui veulent du bien », comme dirait la chanson. Ça, même si je ne le sais pas encore, je ne vais pas tarder à l'apprendre à mes dépens.

Quoi qu'il en soit, le soir, quand je sors, c'est la

plupart du temps avec lui. En ce sens, nous ne faisons que continuer notre enfance, nos coups de tête et affirmer notre besoin de liberté. Avec mon frère, j'ai l'impression que ma vie s'illumine un peu. Je me mets à fréquenter le Bateau ivre, mon futur QG, et les autres bars : le Café noir, Le chien qui fume, La Caravelle. Des troquets de ce quartier Matabiau où rôde le monde de la nuit, pas si « glamour » que ça, mais je n'y vois que du feu, dans ma quête de rêve et ma hâte de changement. C'est là que Simon me présente à ses amis...

Monsieur Trois

C'est celui qui me mettra dans l'engrenage. Mais pas tout de suite. Je suis trop jeune encore. *(Ils savent attendre.)* Monsieur Trois a une quarantaine d'années, un ventre un peu rond qui ne me dégoûte pas quand je le rencontre, car il n'est pas question de sexe entre nous. Non, au début, ce monsieur est correct. Il est même gentil, amical.

D'ailleurs, je me raconte une bien belle histoire à son sujet : « On dirait que Monsieur Trois, un homme bon, grand et un peu rond, aurait trouvé une gamine en galère qui habiterait dans un foyer d'accueil. Une qui n'a pas eu de parents et qu'il voudrait "protéger", aider à vivre. Alors il l'écouterait, il viendrait la voir de temps en temps, lui achèterait des fringues pas chères mais sympas. Et aussi, il lui donnerait de l'argent de poche, cent francs, cinquante francs, il serait le premier à l'emmener dans des restaurants chics de Toulouse et à Andorre pour acheter des clopes. Et encore il lui offrirait des petits cadeaux, comme ça, juste pour le plaisir de la voir sourire. Il serait comme un envoyé de la providence, une chance tombée du ciel, en tout cas le soleil de cette jeune fille qui le trouverait un peu gentil. Vieux, mais gentil. » Je me dis que j'ai rencontré mon sauveur...

Sauf qu'une telle histoire, je le comprendrai par la suite, ne tient pas la route. Mais à l'époque, j'y croyais...

Par ailleurs, Monsieur Trois n'est pas bavard. Et moi je ne pose pas de questions, ça ne se fait pas. Il me dit le minimum : que sa femme et sa fille habitent dans le nord de la France et qu'il est l'un des directeurs d'une entreprise importante. Je suis tellement flattée que quelqu'un s'intéresse à moi que j'avale tout cru son baratin. D'autant plus volontiers que les premiers mois où il vient me voir, il ne couche pas avec moi, pas du tout.

On peut dire que par la suite, il s'est rattrapé. À la réflexion, je me rends compte que ses attentions et ses nippes, je les ai payées cher. Oui, la peau du cul, je les ai payées !

Patrice

Connaissez-vous le quartier des Izards ? C'est au nord de Toulouse, un quartier chaud comme on dit. À l'époque, je me souviens de nombreux incendies : sur les terrains vagues, dans les voitures, dans les appartements. C'est un quartier qui fait penser au Mirail, en pire. Le paysage est triste : petits pavillons en bordure de grandes routes, immeubles roses délavés, bétonnés, sales, voitures misérables, végétation rabougrie. Absence totale de flics : ils seraient en danger ! C'est là que ma grand-mère habite, dans un pavillon mitoyen. Là que mon frère rencontre, un jour, un certain Patrice Alègre, qui vit dans un de ces immeubles roses. Je ne sais pas comment ils ont fait connaissance. Sauf que de la mauvaise graine, dans ce quartier, il n'y a que ça. Des amis communs, des manouches [1], certainement, les auront rapprochés.

C'est au Café noir que mon frère me présente Patrice Alègre. Ce bar du quartier Matabiau, presque au bout de la rue Bayard avant qu'elle ne débouche sur le canal, boulevard de Bonrepos, est un troquet très « années cinquante », que Patrice affectionne particulièrement et où mon frère vient aussi. Un lieu très fréquenté la nuit, néons dehors,

1. On dit aussi gitan.

lumière crue dedans, mettant en valeur la froideur des murs vert pâle ; un comptoir en ellipse occupe le centre de la salle, on peut donc se trouver l'un en face de l'autre en train de boire un verre au zinc. Ce détail aura son importance par la suite, nous y viendrons.

Très vite, Pat et moi allons nous voir à l'occasion de virées diverses, sorties en boîte et autres. Faire le mur est devenu une habitude pour moi. On est plusieurs à prendre des packs de bière, à se poser en groupe près d'un lac, « en planque » comme on dit alors. On se rend aussi au bord de la mer : on s'installe sur la plage et on fait des « délires ». On reste parfois la nuit à discuter, autour d'un feu de camp, certains ont des voitures volées, d'autres des mobylettes, ou des motos, on est une bande de copains. On rigole bien. Des trucs de gosses.

À l'époque, ce qui me touche, chez Pat, c'est que nous avons un peu les mêmes histoires de famille, avec leur ambiance vaseuse, leurs fréquentations bizarres, les coups depuis tout petit. Ça me fait vraiment penser à toute la merde qu'il y avait chez moi.

Pat et moi, on passe des heures à discuter, à raconter chacun sa vie et à se dire que le destin ne nous a pas trop fait de cadeaux. On sort dans une boîte du quartier de la Croix-Daurade, on se rencontre dans les cafés, au hasard de la nuit ; il est avec une fille très amoureuse de lui, Charlotte, mais lui ne l'aime pas et le lui fait bien savoir. D'ailleurs, pas mal de nanas sont folles de ce garçon, mais pas moi, même s'il a quatre ans et demi de plus que moi, qu'il est beau gosse, bien sapé, avec des yeux bleus qu'on remarque et de belles motos.

Je ne me sentirai jamais attirée par lui. D'ailleurs, à l'époque, je dois déjà sentir au fond de moi que de toute façon, il n'aimera personne – à part sa fille, des années plus tard. C'est sans doute pour cela que je ne vois pas tout de suite sa vraie personnalité : il ne m'intéresse pas pour autre chose que nos discussions. Même si, occasionnellement et bien après s'être rencontrés, on couche ensemble. Parce que c'est la fin de la nuit et que ça se passe comme ça. Sans passion, sans haine non plus.

Dans d'autres lieux et d'autres temps, les « filles » auront du mal à me croire quand je leur dirai que j'avais des rapports on ne peut plus normaux avec lui. Le Patrice Alègre que je fréquente à cette période de ma vie ne me semble pas dangereux. Tout juste un peu violent, mais pas plus que mon frère ou tant d'autres copains. Des amis du quartier des Izards revus récemment m'ont dit que, très tôt, ils avaient déjà remarqué ce gosse plutôt « space ». Moi, je n'ai vu son autre côté que bien après...

Mon frère, Monsieur Trois, Pat, le quartier Matabiau avec le Bateau ivre et le Café noir, les hôtels de passe et les bouges minables... tout est déjà en place pour la suite. Et moi, je suis toujours dans mes illusions de gosse. Contente de ma nouvelle liberté et de mes nouveaux amis.

Ce que je ne vois pas, c'est l'envers du décor.

Aujourd'hui, je suis sûre qu'à ce moment-là, tout un trafic existe et fonctionne déjà. Des gars du milieu servent de rabatteurs à Monsieur Trois et lui présentent des filles du foyer ; Monsieur Trois les paye aussi parce qu'il a besoin de chair fraîche pour ses multiples clients et se livre à toutes sortes de combines ; Patrice joue les hommes de main, pourvoyeur et père Fouettard, ce petit monde étant trop content d'utiliser sa violence naturelle. Et moi, au milieu de tout ça. Un simple rouage de bientôt dix-sept ans, perdue sur son petit nuage.

Ma naïveté va en prendre un sacré coup.

VI

Débuts dans la carrière

Je regarde une photo de mes douze ans. Il paraît qu'on voit clairement que j'étais pleine de vie, avec, de surcroît, de l'humour. Pourtant, je ne m'aime pas sur ce cliché, parce je ne me trouve pas belle, tout simplement. Je préfère mille fois les photos qui ont été prises au temps où j'étais prostituée. Sur celles-ci, j'ai l'air bien plus jolie.

Je sais, ça peut paraître étrange, mais c'est comme ça. Mon enfance était si dure que je n'avais qu'une envie : la mettre de côté. Me précipiter dans cette vie-là, cela me semblait ce que j'avais de mieux à faire, même si je n'y comprenais rien. Le mal est venu si progressivement, naturellement, que je n'avais, je le répète, aucune idée de ce qui allait m'arriver. Je ne me posais pas de questions. J'avais grandi avec ce monde autour de moi, et n'avais jamais rien rencontré d'autre. Ça ne m'empêchait pas d'être dans mes rêves de midinette, mais même pour rêver, il faut partir d'une réalité, celle qu'on connaît. Je ne peux pas, à ce jour, dire comment j'ai vécu ce glissement vers ce qui allait devenir un cercle vicieux. Est-ce que j'avais le choix ? Je ne crois pas. Être dans la rue ? J'y avais toujours été, plus ou moins. J'avais juste la sensation de prendre un peu ma vie en main, de grandir, d'atteindre une autre étape, avec mes nouveaux amis.

Cela ne me choquait pas, à seize ans, que des mecs se vantent de leurs coups *(dans tous les sens du terme)* et de leurs petites magouilles, je m'en foutais de rencontrer des dealers, des cambrioleurs. Tout ça, c'était banal. Et quand je me suis aperçue qu'il y avait des policiers dans le lot *(qui ressemblaient comme deux gouttes d'eau aux autres)*, je n'ai fait qu'apprendre une nouvelle chose. Là non plus, je n'ai pas été intriguée. Je me suis dit que c'était comme ça.

Voilà le début du mécanisme : dans les bars, je rencontre des travelos qui deviennent des copines, je les suis dans leurs périples de la nuit. Je croise des homos aussi, avec qui je m'entends souvent bien. Parfois, je ne fais rien : juste être là. Parfois, j'en fais un peu plus, pour me faire de l'argent. Je n'imagine pas que ce soit de la prostitution : je traîne la nuit et de temps en temps je récupère un peu de thunes, c'est tout.

À quel moment Monsieur Trois sent-il que je suis « prête » ? Je ne me souviens pas vraiment. En revanche je me rappelle les nouvelles règles de cette vie, qui arrive en douce, et dont je ne vois encore que les avantages. Monsieur Trois commence, bien entendu, par coucher avec moi. Je suis déçue, mon conte de fées s'écroule un peu, même si je veux encore y croire. Je ne m'attendais pas à ce qu'il ait si mauvaise haleine, à son corps si vieux, à ce qu'il me dise de mettre ma main « là », sur son sexe, me montre ce qu'il voulait comme si je n'avais pas voix au chapitre, m'oblige à faire des trucs un peu bizarres, comme lui pincer les seins ou les parties génitales. Je suis encore très novice dans tout ça. Très pure. Ce que je voudrais avant tout, c'est qu'on m'aime, c'est de la tendresse, de l'affection. Si ça doit passer par le sexe, tant pis, mais là, je n'éprouve rien, qu'un immense froid, un vide. Ça ne me plaît pas, voire me dégoûte. Je devine quelque chose de pas clair chez Monsieur Trois, sans pour autant me l'avouer. Car je me sens bien obligée : il a su s'y prendre avec moi, me mettre en confiance... Il m'a *déjà* achetée, avec ses petits cadeaux et j'aurais mauvaise grâce de refuser. En réalité – sa réalité à lui – il est en train de m'initier. De me mettre les points sur les « i ». De me préparer aux futurs clients. Sans que je le réalise une seule seconde. Pour moi, c'est juste un tournant dans la relation, une étape obligatoire et un peu déprimante dont je ne tire aucune conclusion. Je suis trop jeune, trop ignorante.

Nous avons maintenant rendez-vous dans des hôtels, et à chaque fois, il me donne un peu d'argent : « ton argent de poche », dit-il après. Sauf que maintenant, ce n'est plus du tout gratuit...

Jusqu'à ce qu'il me demande, un jour, de lui « rendre un service », de rencontrer un copain de boulot : « Ce soir, dix-neuf heures, place du Capitole, au bar M, tu verras un type plutôt petit, les cheveux bruns, avec une chemise bleue, des lunettes de soleil et *Le Figaro* à la main. Tu te mets à sa disposition, tu fais ce qu'il te demande, et tu ne discutes pas. »

Et j'y vais ! Mon premier client...

Maintenant, j'aimerais que l'on comprenne ce qui se passait dans ma tête, même si, je le sais, c'est impossible *(être dans ma tête, je ne le souhaite à personne !)*. Pour donner un exemple qui illustre bien le dégoût que j'ai eu, immédiatement, de cette situation, considérons le peu d'argent que nous avions au Foyer, cinquante francs par semaine... Ce qui incitait plus d'une à dévier du droit chemin. Il m'est donc arrivé de faire des passes pour donner de l'argent à des gamines du foyer, des plus jeunes que moi, afin de leur éviter d'aller faire le tapin. Pas par sens du devoir, mais par sens de la logique, simplement parce que j'étais plus grande. Parce que le tapin je l'avais trop mal vécu, au fond, pour le souhaiter aux autres et parce que ça fait mal. Je sais, c'est difficile à imaginer, mais c'est comme ça, ça fait mal moralement et physiquement. Il n'y a pas de mots assez exacts pour rendre compte de cette peine. Je crois que c'est un des plus sales métiers qu'on puisse faire. *(Je ne peux pas dire que ce n'est pas un métier, puisqu'on payait des impôts légalement.)* Je n'ai jamais eu de plaisir avec aucun de mes clients.

J'aurais voulu sauver toutes les gamines, peut-être comme j'aurais voulu me sauver moi-même. Mais je ne regrette pas ce que j'ai fait pour elles et ne le regretterai jamais.

*
**

Dans les premiers temps, c'est encore « normal ». C'est après que les choses sont devenues, de fil en aiguille, insupportables. Il faut dire que je ne tapine pas vraiment, comme tant d'autres filles. Les macs de la rue Bayard me laissent tranquille. Je ne fais pas le trottoir. Aucun proxénète, aucun flic ne m'emmerde. Pourquoi ? Parce que je reçois les clients directement de Monsieur Trois. En grande majorité des cadres, des notables, des gens qu'on dit « bien ». Je les emmène où ils veulent. Dans des hôtels de bonne catégorie en général. Il y en a, bien-sûr, qui demandent des trucs spéciaux, comme se faire fouetter, jouer à être un chien, ou me gifler, ou encore me brûler avec une cigarette, mais c'est à moi d'accepter ou non. Je me dis que c'est le métier. Je ne me rends pas compte que le prix qu'ils me payent – deux cents, trois cents francs de plus pour me faire mal – est en fait une aumône par rapport à ce qu'ils exigent. C'est comme si je leur donnais un peu de ma cervelle à bouffer, un morceau de mon estime de soi. Il est vrai que je ne suis pas forte dans ce domaine, on ne m'a jamais vraiment appris ni à m'aimer, ni à me respecter. Tout cela, je le comprendrai bien plus tard...

Je file tout mon fric à Monsieur Trois, et lui ne me donne désormais, à ma grande surprise, que le minimum pour vivre, payer les hôtels, m'habiller. Chaque semaine, je rapporte entre quatre et six mille francs. Je suis une bonne gagneuse ; je justifie, en quelque sorte, le temps qui a été consacré à mon éducation. J'en serais presque fière sans ce dégoût et cette impression grandissante de me « faire avoir ».

La relève des compteurs, à cette époque, a lieu dans un hôtel ou dans la voiture. Pas dans un endroit public. Monsieur Trois ramasse le blé et jamais il ne compte devant moi. Après, il place l'argent dans un Tupperware qu'il range dans un coin du moteur de sa voiture (une planque). Quelquefois, je rapporte moins, et il n'est pas content. Mais il ne tape pas. Il préférera, un peu plus tard, le faire faire par d'autres : le flic la Faux, ou Patrice, ou mon frère.

Le soir, avec Monsieur Trois, on sort. On va au resto avec les potes. Alègre et sa bande de copains flics, mon frère, et tant d'autres... On s'amuse, on boit, parfois c'est vraiment la bonne ambiance. Une vraie compensation à ce que je vis par ailleurs, qui remplace toute la répulsion et la douleur que je ressens confusément par une fausse impression d'exister, d'avoir ma place dans la société, d'être « lancée » et de marcher fort. Je suis bien habillée, bien maquillée. Considérant d'où je viens, je me dis que je n'ai pas à me plaindre. Je ne paie jamais l'addition, et les amis de Monsieur Trois sont plutôt sympas.

On finit les soirées en boîte de nuit, aux Âmes damnées, par exemple, un lieu bien connu des homos. Dans des endroits de ce style, je parle souvent avec Patrice, qui me raconte les violences morales et sexuelles qu'il a subies. Quand je revois ces moments-là, nos discussions à bâtons rompus autour d'un verre de pastis pur, ou dans le brouhaha des lieux déjantés de la Ville noire, j'ai du mal à imaginer qu'à la même époque, il était capable de tuer. Et pourtant... C'est aussi la période où il sort avec un tapin, une fille que je connais très bien. Elle est raide amoureuse de lui, et l'est toujours aujourd'hui, malgré l' « Affaire Alègre ». Même si du côté de Pat, ce n'est vraiment pas réciproque... *(Je ne comprends pas pourquoi elle continue à protéger Patrice, mais je respecte son choix.)*

Je ne touche pas des fortunes, je n'ai pas de goûts de luxe, même si je me retrouve plutôt dans la « bonne » société, avec des notables, des friqués. Je me sens parachutée dans ce milieu, un peu étourdie d'en faire tout à coup partie, l'espace de quelques soirées, grâce à mes « charmes ». Ce n'est pas, et ce ne sera jamais mon monde. Disons que je regarde ces gens-là évoluer autour de moi avec un mélange d'indifférence et d'étonnement, comme si j'étais en retrait. *(Vu le fric qu'on me piquait, je n'ai jamais eu les moyens de vivre comme une fille « entretenue ».)*

Je vais tout de même raconter la réaction de ma mère à ce début de carrière, parce que ça me fait mal encore aujourd'hui. Pour écrire ce livre, j'ai demandé à une amie de l'interroger :

– Quand vous avez appris le métier de votre fille, qu'est-ce que vous avez pensé ?

– Je n'ai rien pensé. Je pars du principe que si un enfant, il a envie de faire ça, il le fait. C'est tout.

– Vous pensez que c'était un libre choix de la part de votre fille ?

– Elle a voulu le faire, elle l'a fait. J'ai pas à lui dire de faire ci, ou de pas faire ça.

*
**

Petit à petit, l'ambiance change. De conviviale, elle passe à froide. Pourquoi ? Je n'en sais rien... Je suppose que je me mets à servir de « cadeau d'entreprise » à de gros clients de la boîte de Monsieur Trois pour favoriser la signature de contrats juteux. *(Tout au moins, c'est ce que j'ai pensé plus tard, quand j'ai mieux compris le monde.)* Je vois ce dernier de moins en moins souvent. Il m'envoie des clients de plus en plus spéciaux. Il me prend maintenant tout ce que je gagne.

Alors je décide, pour que le jeu en vaille un peu plus la chandelle, de mettre des thunes de côté avec les clients que je dégotte moi-même. Souvent, ce sont les copines qui me les envoient. Des types de la rue, de ceux qui roulent en bagnole à la recherche d'un coup à tirer. J'arrive à m'en faire des habitués, et ça arrondit mes fins de mois. Mais je suis morte de trouille quand il s'agit d'aborder des inconnus. Je ne le fais qu'en compagnie de mes amies travelos[1], et encore, comme un défi obligatoire, avec la pétoche dans le ventre et mille et une images de mort qui dansent devant mes yeux. Je n'imagine pas que la mort est ailleurs, tout près de moi, parmi ceux que je connais...

Je rencontre, bien sûr, les flics sur mon chemin. Ils me fichent en tant que mineure. Je n'ai pas encore dix-huit ans. C'est bizarre, parce que d'un côté je les fréquente dans des soirées, et de l'autre, ils m'arrêtent. C'est le cas de la Faux, à qui je lance un « Mais je te connais ! » la première fois que les flics m'attrapent. Comme il est avec d'autres collègues que je n'ai jamais vus, il murmure, tout bas et méchamment « Ta gueule ! ».

Très vite, les flics me demandent des « impôts », autour de mille cinq cents balles par semaine, dans une enveloppe. Je découvre qu'ils le font avec toutes les prostituées. Loi du métier, me dis-je

1. Je tiens à la distinction : je n'ai jamais eu de place « réservée » dans la rue, mais étant dans les hôtels du quartier, je croisais les filles qui me passaient certains de leurs clients.

encore. Mais je ne suis pas au bout de mes peines, loin de là. Il y a aussi les fouilles, jamais faites par une femme, toujours par un mec de la police qui ne se gêne pas pour toucher, ou pour violer.

Je fais la connaissance de Patricia[1] et de beaucoup d'autres filles, dont certaines resteront de très bonnes copines. Un réseau de solidarité, autant que faire se peut. On prend un verre, on se parle. Même si je me tiens encore sur la défensive, avec mon statut particulier de « fille de Monsieur Trois » chez qui les clients tombent du ciel, je suis quand même dans la rue occasionnellement, je me mêle de leurs affaires. Il m'arrive de prendre la défense de l'une d'elles, et c'est l'occasion de conflits sanglants avec Patrice, chargé de les remettre dans le droit chemin quand ça dévie. Moi, je suis du genre à me battre avec lui. Il ne me fait pas peur. Je ne sais pas encore que c'est un tueur, je l'ai dit. Je me cogne avec comme je tente de castagner mon frère, qui vient souvent me demander de la thune, et parfois même m'en piquer.

Un soir, entre Pat et moi ça se termine à la canette de bière. Je casse une bouteille et me plante au milieu de la rue :

– Pourquoi t'as accroché Laura ?

– Parce que ça te regarde, peut-être ?

– Plus que tu ne le penses...

1. Patricia se constituera partie civile avec d'autres filles et moi, en 2003.

– Mêle-toi de tes fesses !

– Eh bien si t'as les couilles, tu viens me voir moi, et tu vas pas emmerder une plus faible !

On se bagarre à coups de tessons de bouteille. Ça n'est pas bien méchant, mais j'en garde une cicatrice, comme une blessure de guerre. *(Ce ne sera pas la dernière cicatrice que Pat me fera...)*

Je commence à avoir peur aussi, parce que Monsieur Trois me fait surveiller, il ne me lâche pas. Je ne comprends pas pourquoi. En plus, dès qu'il voit que je faiblis un peu, il me fait tabasser par l'un ou l'autre. C'est sûr maintenant, ma nouvelle vie n'est pas aussi rose que je l'avais rêvée...

Des mecs bourrés de pognon envoyés par Monsieur Trois, j'en ai vu tout un tas et je peux dire qu'il n'y a pas eu un seul moment agréable, un seul moment où je ne me sois pas sentie écœurée.

Le seul client que j'aie jamais apprécié, c'était un petit vieux, un retraité de soixante-dix ans. Une copine me l'avait « prêté » et il a préféré rester avec moi. Lui, jamais il ne m'a touchée. Il m'emmenait au resto, on se parlait des heures dans des chambres d'hôtel – pas les beaux hôtels des clients de Monsieur Trois pétés de fric –, mais des hôtels de passe du quartier Matabiau. Ça ne l'empêchait pas de me payer correctement pour la soirée. Il me racontait toute sa vie, sans oublier aucun détail. Moi, je lui parlais un peu de la mienne et il ne restait jamais plus d'une semaine sans me donner des nouvelles, comme un vieil ami. Je l'ai toujours gardé, jusqu'à la fin. Il ne m'a même pas volé un petit baiser pendant toutes ces années. Je l'appelais mon ange gardien. Quand je n'étais pas bien il passait, même pour deux minutes, pour me rassurer. Je ne sais pas s'il est encore en vie, mais je l'espère. Ce que je sais, c'est qu'il avait le cœur bien accroché, parce qu'un petit vieux cardiaque, il m'aurait peut-être claqué dans les doigts le soir de la mort de Line... Mais ça, je le raconterai plus tard.

Le Cobra

Le Cobra, vous avez déjà fait sa connaissance au premier chapitre de ce livre. C'est un fait : il est tout sauf tendre.

Je le rencontre au milieu de ce petit monde glauque que je fréquente depuis déjà un an. C'est un soir d'été dans un resto de Toulouse hyper classe avec un grand écran pour regarder les vidéos. Un soir forcément, parce que le jour, je dors plus ou moins. Le jour, le Cobra, lui, occupe un poste dans une administration. Jusque-là, rien de bien extraordinaire. Un cadre sup' qui présente sa copine « pute » à un autre cadre sup' de l'administration, quoi de plus naturel. Car c'est Monsieur Trois qui nous met en rapport.

Il y a pas mal de monde à notre table. Des habitués de ce genre de dîners. Cinq ou six, peut-être. La bande de Monsieur Trois : le flic la Faux, ses deux acolytes et Patrice. Un peu plus loin, un groupe formé de plusieurs autres types. Parmi eux, le Cobra. Monsieur Trois fait les présentations. Je ne sais pas, à ce moment précis, l'importance que le Cobra prendra dans ma vie.

Le Cobra, je ne le décrirai pas, parce que j'exposerais mon éditeur à des ennuis et je n'en ai pas envie. On va dire qu'il est plutôt méchant et qu'il a une position sociale. On va dire aussi qu'il est le roi des pervers.

Au début, c'est comme d'habitude, comme ils sont tous. Il se montre plutôt gentil. Il vient me voir au foyer, m'offre de temps en temps un petit cadeau. Il me fait un peu la cour, rigole avec moi. Moi, je n'ai pas de sentiments à son égard, mais comme il est sympa, il va vite faire partie de cette vie que je mène et qui ne fait que commencer à dégénérer. Trois mois après l'avoir rencontré, je couche avec lui, mais pas plus qu'avec un autre. Il appartient à la bourgeoisie, il a du pouvoir, je me sens un peu flattée de cette relation importante. Rapidement, il me demande de l'accompagner dans des soirées, un peu partout dans la ville et en dehors. Il est guidé par son vice : salir ce qui est propre, flétrir ce qui est pur.

Je vais devenir son « accompagnatrice », plongeant d'un côté dans le monde du quartier Matabiau pour me faire un peu de sous, et de l'autre dans celui des notables pervers où il a ses entrées.

Les soirées de la Ville noire se suivent alors et se ressemblent. Il y a le Quai des Brumes, sur la

Garonne, une boîte d'échangisme. Le passeport pour se faire reconnaître par le videur : un habillement bien « pute ». Hauts talons, décolleté, zones de chair dénudées, maquillage. C'est sûr que vous ne seriez pas entrée avec un tailleur Chanel et des escarpins !

Moi, j'escorte le Cobra, et le Cobra, il entre où il veut. Au Quai des Brumes, tout le monde le connaît. Après une descente sur une passerelle qui tangue au rythme de l'eau, on pénètre dans un lieu peu éclairé, avec plusieurs salles. Au centre, une piste de danse et au milieu de la piste, des cages en fer forgé, comme celles d'un zoo. À l'intérieur des cages, rien en début de soirée. Mais si vous revenez un peu plus tard, vous y verrez un ou deux couples qui se sont choisis pour l'occasion, sur un regard. Souvent, ils se connaissent car la clientèle est composée d'habitués. Les hommes pénètrent nus dans la cage, les femmes vêtues de porte-jarretelles et soutien-gorge troués à l'endroit des tétons, ou autres babioles coûteuses et compliquées. Une assemblée plus ou moins grande, plus ou moins intéressée, joue les voyeurs pendant que les couples se livrent à toutes sortes d'ébats, se donnant littéralement en spectacle. Chacun y va de son petit gémissement, de sa petite fessée. De temps en temps, un autre candidat à l'exhibitionnisme vient les rejoindre, ou un participant ayant épuisé toutes ses réserves se retire.

Je regarde ça de loin. Je ne participe pas, car je n'aime pas ça. Je bois des verres avec Pat ou mon frère. Curieusement, le Cobra ne me demandera jamais d'entrer dans la cage.

Il y aussi Les Vapeurs, un hammam libertin où, à peine arrivé, chacun enlève ses vêtements et enfile un peignoir, puis est dirigé vers des salles chaudes et alanguies. Les gens font l'amour dans l'eau de la piscine, le bouillonnement des jacuzzis, ou la tiédeur des alcôves. On entend des râles, des coups, des cris étouffés par l'humidité.

Les Âmes damnées, autre lieu, a ses « backrooms[1] » où les homos se rencontrent en toute tranquillité. Un bar en haut et un en bas, pour permettre à ceux qui œuvrent dans les pièces spéciales de se désaltérer. L'ambiance est enfumée, le cuir est omniprésent, la vaseline également.

Les soirées de la maison de Labaz

Cette maison, pas vraiment isolée, est située au bord d'un lac qui sera par la suite partiellement comblé lors de la construction d'une autoroute, dans un village à une trentaine de kilomètres de Toulouse. C'est une belle demeure moderne en pierres de taille, à deux étages, flanquée d'une tourelle... carrée. Autour, un parc paysagé agrémenté d'une petite forêt et d'un chemin. De grandes fenêtres,

1. Salles ou alcôves où des homos se donnent en spectacle, d'autres regardant.

dans la pièce principale, donnent sur une terrasse. Nous sortions volontiers vers le lac pour discuter, boire un verre, rigoler un peu. On y admirait des cygnes et un petit pont en mauvais état, mais amusant.

On m'a demandé comment j'avais pu aller si souvent dans ce lieu sans que ça me choque. Tout simplement parce que je n'y voyais pas de mal, dans mon ignorance du début. Les soirées ne me paraissaient pas bien méchantes : les gens s'embrassaient sur la bouche, se pelotaient vaguement dans les coins, il y avait de l'alcool et un peu de drogue – cocaïne et herbe –, mais rien de très extraordinaire. Quand vous entriez dans la pièce principale, vous étiez dans une maison tout ce qu'il y a de plus banale. Des canapés, fauteuils, tables basses et cheminée, boissons et amuse-gueules. Détail qui ne manquait pas de piquant, pour se dire « bonjour », chacun se faisait un pointu[1], entre hommes aussi. Moi, ça me semblait plutôt cocasse. C'étaient toujours plus ou moins les mêmes qui se réunissaient une fois par semaine : le Cobra, la Faux, Patrice et des filles que je connaissais, quelques travelos et homos de la rue, Monsieur X de temps en temps. Un mélange de gens de la haute, de flics et de tapins. Les « petits » profitaient de la fréquentation des « grands » : je n'ai jamais vu Patrice payer une contravention et il n'a jamais eu un quelconque pro-

1. Un baiser sur la bouche.

blème quand il faisait ses casses. Tout le monde savait qu'il était protégé. Mais celui qui se servait le mieux, c'était le Cobra. Les détournements d'argent, les trafics de came, les petites magouilles : il y avait toujours des ouvertures. Ça rapportait trop bien à tout le monde.

Ces gens de milieux si différents étaient réunis par un même goût pour le bizarre, le sado-maso, le pervers, la déglingue. Mais rien de significatif ne se produisait dans les trois pièces du rez-de-chaussée, ni près du lac, où les conversations se poursuivaient dans la nature. On était souvent dehors.

Seulement il y avait le premier étage, où des cochonneries plus graves se faisaient, soi-disant. Comme nous n'y allions jamais, le Cobra et moi, j'en déduisais que cela ne me concernait pas. Et si je me doutais que des choses louches se passaient là, je ne cherchais pas à savoir, je restais dans ma tour d'ivoire, sourde à ce que je pensais être des ragots, des histoires. Je faisais l'autruche, persuadée de ne jamais être au cœur de ces embrouilles... Jusqu'au jour où la curiosité m'a valu un choc de plus dans ma vie, nous y reviendrons au chapitre suivant.

Le Cobra n'a jamais été mon « homme ». Mais avec lui, en le fréquentant jour après jour, j'allais être aux premières loges pour devenir le témoin de drôles de trucs que je n'aurais jamais dû voir, ni entendre. Je m'apprêtais sans le savoir à vivre des scènes de plus en plus pénibles. Mais ça, ce ne sera pas *que* de son fait. D'autres s'en mêleront.

Que se passe-t-il dans la Ville noire ? Tous ces caïds qui tiennent le haut du pavé et ne rencontrent aucun obstacle sur leur route ne se sentent-ils plus devant tant de facilité ? La demande pour la perversion est-elle si importante ? Toujours est-il que les choses vont se compliquer autour de moi. Des informations me parviennent et me font prendre petit à petit conscience que je suis de plus en plus en danger de me faire tuer. C'est un vrai tourbillon et j'ai l'impression grandissante que le destin pèse de son poids immense sur mon existence.

*
**

C'est à peu près à la même époque que mon amitié avec Patrice Alègre va s'arrêter net.

Un soir, je le cherche. Qu'avais-je à lui dire ? Je ne m'en souviens pas. Je vais au Café noir, je suis sûre d'avoir de ses nouvelles dans son bar préféré. Effectivement, le proxénète avec qui il travaille s'y trouve, accoudé au zinc, avec un autre mec.

– Tu n'as pas vu Pat ?

– Si, il est à l'hôtel du Talion, mais je ne t'ai rien dit !

– OK, j'ai compris ! Merci !

Je me tire rapidos. Je m'attends à ce que Pat soit avec une fille, vu ce qu'on vient de me balancer. J'arrive, un peu essoufflée, au Talion, un de ces hôtels miteux de la rue Bayard. Je demande au veilleur de nuit où est Pat – tout le monde le connaît dans le quartier. Il me répond et je me dirige illico vers la chambre qu'il m'a indiquée. Là, je monte, ouvre la porte...

J'ai à peine le temps de voir ce qui se passe à l'intérieur. Pat est assis sur une fille avec un coussin sur la gueule, de telle sorte que je ne vois pas qui c'est. Je reste peut-être cinq secondes, car la scène suffit à me faire partir à toute vitesse. Je cours à perdre haleine, la gorge sèche et le cœur près d'exploser, vers je ne sais quel refuge inexistant. Rien ne pourra me procurer l'oubli qui me rendrait à nouveau innocente. Je ressens un mélange de peur, d'horreur, et quand même, tout au fond – je le confesse – d'incrédulité. Mes années d'amitié entrent violemment en conflit avec ce que je viens de voir. Je ne peux pas le croire. Cependant, jamais je ne pourrai dire qu'il l'a tuée. Je pourrai simplement témoigner de ce que je l'ai vu faire.

Quoi qu'il en soit, c'est la première fois que je me rends compte que Pat est peut-être un tueur et je décide de lui en parler. Je vis dans un monde trop bizarre pour me payer le luxe d'avoir des doutes : des meurtres, des magouilles, des trucs louches, il y en a presque tous les jours, je commence à le comprendre. J'entends des choses, sur le trottoir, des filles mineures qui arrivent sur le tapin, qui se font fracasser, sans parler des enveloppes qu'il faut donner aux flics quand ils viennent « faire le fichier » dans la rue, toute cette loi extrêmement dure, c'est tout ça que je suis en train de réaliser à cette époque. En même temps que le voile se lève sur les méfaits de la Ville noire, il arrache aussi les dernières illusions que j'entretiens quant à mon ex-ami.

Le lendemain, je vais au Café noir. Patrice y est. Je me mets au comptoir, en face de lui. Il est en train de tourner très lentement sa cuiller dans le café et fait d'abord semblant de ne pas remarquer que je suis là. Puis il murmure, les yeux baissés :

– T'as vu quelque chose ?

– Bien sûr que j'ai vu. Je ne l'ai pas vue, elle, mais je sais ! J'étais là.

– Alors t'as qu'à aller parler aux flics !

– J'y vais tout de suite !

Tout à coup, il relève la tête et je vois ses yeux comme des spots brillants lancer une lumière d'outre-tombe. C'est sûr que ce n'est pas le Pat que je connais. Il a un regard de fou, un regard que je ne lui ai jamais vu. Je suis prise de peur. Je n'ai qu'une envie : me barrer, loin, très, très loin. C'est comme si une seconde personne habitait dans Patrice. Et cette personne-là, il vaut mieux ne pas l'approcher !

Pendant que je réalise tout ça, Patrice s'est levé et se dirige vers moi pour m'empêcher de sortir et d'aller tout ballarder[1] aux flics. Il a sorti son cran

1. Rappel : cafter.

d'arrêt. Je ne bouge tout d'abord pas, paralysée. Dans un dernier réflexe, je tente de parer son geste, mais il me taillade la main droite. Une balafre d'environ cinq centimètres, qui part de ma paume pour aller sur le poignet, à l'extérieur de la main. Je crie « Oh ! Putain ! Con ! » et je baisse la tête pour juger des dégâts. Quand je la relève, je ne sais pas comment, le couteau se retrouve planté entre mes deux dents de devant, celles du bas. Je hurle de douleur, me dégage en faisant un bond en arrière et décampe en courant.

Oui, j'aurais pu me faire tuer ce jour-là. Mais pas par Pat : à cause de la déposition que je suis allée faire, après.

Encore tremblante, j'arrive au commissariat, dans une rue étroite du centre de Toulouse, et demande à porter plainte. J'ai la gueule en sang, la main coupée, je ne suis pas belle à voir. Mais plus que ma peau entaillée, ce qui m'intéresse, c'est de parler de ce que j'ai entrevu hier soir, car c'est trop grave. En plus, je suis vraiment en colère, après ce que Pat m'a fait. Je commence à tout déballer au flic de service...

Le flic m'écoute poliment, bien calé dans son fauteuil en face de moi, et tape avec lenteur à la machine. Je parle, je parle, et brusquement, le voilà qui arrête d'écrire, me regarde, tire brusquement la feuille de la machine, en fait une boule et... la jette à la poubelle ! Je suis stupéfaite, je ne réagis même pas. Puis il soupire, me fait des yeux sévères et dit :

– Casse-toi, ça ne mènera nulle part ! Le mieux que tu aies à faire, c'est d'aller te faire soigner la main et le visage à l'hôpital, et de rester tranquille.

– ...

Je sors du commissariat, abasourdie, la mort dans l'âme...

À partir de ce moment, je n'ai plus que des doutes sur Pat et mon amitié est terminée. À la place d'un copain, j'ai trouvé un monstre. Je revois tous ces moments passés ensemble et je regrette de m'être confiée à lui. Je me sens trahie, dépitée. Je me trouve naïve. Mais je suis encore loin d'imaginer ce qui va suivre...

VII

Une naissance et un mariage

Je vais bientôt avoir dix-huit ans, la majorité. Normalement, je dois quitter le foyer. Mais je réussis à avoir une dérogation, parce que je suis enceinte. Je m'en suis aperçue trop tard. *(Ces choses de la féminité, je n'y ai rien compris avant des années, avant qu'une femme du Planning familial ne m'explique, et encore, quand elle l'a fait, j'en étais déjà à mon troisième avortement.)*

Bref, je suis enceinte quand le viol du début du livre se produit, celui de l'hôtel chicos avec le Cobra, Monsieur X, la Faux et son copain. Mais ça ne se voit pas du tout, parce que c'est la première fois, et je suis toute mince. *(En fait, c'est aussi à cause de mon physique, certainement, que tous ces mecs se sont attaqués à moi : j'étais de la chair fraîche pour eux, une mignonne.)*

Après ce terrible épisode de ma vie, mon ventre ne grossit toujours pas. Ça m'inquiète. Je me demande de quoi je vais accoucher... C'est juste avant le terme que mes connaissances commencent à s'en apercevoir. J'ai été obligée de le dire à ma meilleure amie, sinon elle ne l'aurait pas remarqué... Quant au Cobra, sa phrase me reste à tout jamais dans la tête :

– Vous les putes, vous n'avez pas le droit de faire des enfants. De toute façon, ils ne vous appartiennent pas, ils sont à la Justice dès la naissance !

Je n'ai pas su quoi répondre à quelque chose d'aussi monstrueux.

*
**

Devant cet événement si grave pour moi, je tente de me ranger : je trouve un bidasse de Castres et me mets avec lui. Quand j'accouche, mon fils est de père inconnu. De toute façon, avec ce qui se passe pour moi à cette époque, comment savoir de qui il est ? *(On m'a reproché d'avoir dit que mon fils était celui d'un magistrat. Je n'ai absolument pas pu dire une telle chose, car je n'ai même jamais cherché à savoir qui était le père : c'était rigoureusement impossible. Je le répète, je ne connaissais rien aux choses de la féminité et si bizarre que cela puisse paraître, les protections n'étaient jamais de rigueur. On m'avait appris bien des trucs, mais pas ça. Il paraît, cependant, que cette déclaration figure sur un procès-verbal. Mais, en général, je signais les P-V sans les relire.)*

Pourtant, le bidasse de Castres reconnaît mon fils à l'état civil. Il me dit qu'il se remettra avec moi quand il sera rentré de Guyane. Mais il en reviendra avec une autre femme. Nous ne nous verrons plus.

Un jour, à Castres, je donne le biberon à mon fils de quelques mois. Il est dans son transat et j'ai le malheur de coincer le biberon avec un ours en peluche pour qu'il boive tout seul tandis que je discute avec l'assistante sociale venue me voir. Je reste assise à côté de mon bébé pendant qu'il tète de cette manière ce qui, je l'apprends à cette occasion, n'est pas une bonne idée. Mais c'est la première fois que je suis maman et je n'ai jamais eu d'exemple autour de moi.

L'assistante sociale, sans aucune compassion, fait aussitôt un rapport et la DDASS[1] intervient pour me prendre l'enfant. Une famille d'accueil est tout de suite trouvée. On vient l'arracher de mes bras, un matin. Je reste inerte, prostrée, pendant des heures. *(J'en ai pleuré des semaines et j'en pleure encore... Aujourd'hui, il a treize ans, il a été adopté. Peut-être, un jour, aura-t-il envie de me voir. Alors je serai là.)*

J'ai l'impression d'un vide immense, d'un gouffre. Je ne m'alimente presque plus, jusqu'à ce que je décide d'aller voir mon petit le plus souvent possible. Peu après qu'on me l'a repris, je retourne

1. Par l'intermédiaire d'une association que je ne nommerai pas.

sur Toulouse, mortifiée. Deux fois par semaine, je vais en stop à Castres lui rendre visite. Mon bébé est dans une pièce de la DDASS, avec une surveillante, et jamais on ne me laisse seule avec lui. On ne me permet de le voir que quelques heures par semaine, dans ce local, sous surveillance. Je n'ai droit ni aux week-ends, ni aux vacances, ni à rien. Au bout d'un an de cette galère, le régime ne s'assouplit pas et je finis par craquer, moralement et physiquement – les trajets sont longs et je pleure tellement à chaque fois – alors je décide qu'il sera mieux avec une famille, et je cesse de le voir.

Voilà l'histoire. Elle n'est pas gaie. Je n'ai pas eu le choix de garder ou non mon petit. C'est vrai, je n'étais peut-être pas mûre. C'est vrai, je n'étais peut-être pas une véritable femme, mais ce n'était pas une raison pour m'enlever mon fils de cette façon ; je suis sûre qu'ils auraient pu trouver des solutions, comme nous mettre tous les deux dans un foyer où les mères restent avec leur enfant. Il y en avait à l'époque et il y en a toujours. Mais voilà... Une femme fragile avec un passé spécial et un vécu tragique, ils se sont dit : elle ne pourra pas s'en occuper, prenons le gamin !

Ce bébé, c'est une douleur. Je déteste en parler car pour moi, rien n'est plus triste que de devoir abandonner son enfant. J'ai été obligée de l'exclure de ma vie et je n'ai pas encore réussi à en faire mon deuil.

Baudis me remet une médaille

Quelque temps plus tard, je vis un moment plus léger, mais qui, peut-être, aura bientôt des conséquences.

– Et d'abord, je ne me marierai jamais, voilà !

– Pourquoi, il ne te plaît pas, Philippe ? Tu ne le trouves pas mignon ?

– Mais si, mais je te dis que je ne me marierai jamais, point barre.

– C'est n'importe quoi Floy ! Me dis pas ça parce que c'est pas possible, con, y aura bien un moment où tu craqueras !

– Jamais, je te dis, j'aurai jamais d'appart' et jamais les gosses avec !

– Tu dis ça parce que t'es pas cap' de te marier.

– Pardon ?

– T'es pas cap' !

– Tu paries quoi ?

– Je te parie n'importe quoi, tiens, une bouteille de champ' !

– Ça va pas, non ? Tu ne crois pas que je vais me marier pour une minable bouteille de champ'.

– Bon, ben dix mille balles !

– Banco !

Ça se passe au Bateau ivre, j'ai dix-huit ans, nous sommes une dizaine à table, des copines travelos, des homos, des putes, on rigole bien, on a pas mal bu, et je connais à peine le Philippe en question. Mais plus moyen de faire machine arrière. De toute façon, on se marre trop.

Le temps d'appeler la mairie, de publier les bans, comme on dit, et voilà, on se retrouve, le Philippe et moi, trois semaines après, dans une de ces grandes salles rococo du Capitole, avec des tas de tableaux au plafond et des moulures partout. On est en parfait accord : tous les deux en 'tiags[1] et en blouson de cuir, avec chacun son témoin, moi c'est ma copine S, et lui son copain T.

Devant nous, un homme à la belle écharpe bleu-blanc-rouge autour de son costard, nous fait un petit sourire. Au moment d'échanger les alliances, on n'en a pas, bien sûr. Léger flottement. La scène, surréaliste, dure quelques minutes. Puis Dominique Baudis se dirige vers moi et me remet la médaille des jeunes mariés de Toulouse, accompagnée de mon livret de famille. « Félicitations, Madame », souffle-t-il à mon intention.

Le type que j'épouse, Philippe, est un troufion, mais je ne sais pas qu'il est aussi coureur. À l'époque, je manque d'imagination. Je trouve juste qu'on rigole bien ensemble ; c'est mon mari, quand même !

Une semaine plus tard, nous sommes au Bateau ivre, en train de prendre un verre, toujours avec les copains. À un moment je descends aux toilettes et j'entends du bruit dans les chiottes des hommes. Je

1. Les bottes santiags.

passe une tête et là, je n'en crois pas mes oreilles ni mes yeux. Voir ce qui se passe entre mon mari et une personne que je ne nommerai pas, entendre ce qui se dit : je pète un câble !

Une fois que mon Philippe est remonté, je lui saute dessus, lui arrache la gueule à coup de poings, prends une chaise, la projette dans la grande baie vitrée du Bateau ivre et casse la baraque autour de moi. Tout le monde est consterné. Les deux hommes sont terrés dans un coin, les copains essaient de me calmer. Les dix mille balles que j'ai gagnées avec le pari passent entièrement dans la réparation des dégâts que j'ai provoqués ! Je ne sais toujours pas aujourd'hui pourquoi je me suis sentie aussi humiliée de cette mauvaise surprise et quels espoirs j'avais mis dans mon couple. Ou encore quelle histoire je m'étais racontée dans ma tête...

Je quitte Philippe sur-le-champ.

Ça m'a pris dix ans pour divorcer de ce type, qui ne le voulait pas *(je ne saurai jamais pourquoi).* Il a fini par se rendre à l'évidence parce qu'entre-temps la loi a changé. Les gens ont maintenant le droit de divorcer même quand l'un des deux n'est pas d'accord. J'en ai profité pour le biffer définitivement de ma vie.

*
**

Mes activités reprennent. Dans la rue, le système continue de broyer les filles. De plus en plus de putes qui disparaissent, d'histoires pas claires, de filles très jeunes qu'on ne revoit jamais. Où partent-elles ? Tout le monde s'interroge. Maintenant que j'ai vécu cette séance de torture dans l'hôtel avec ces salauds, ma vision du monde n'est plus la même : je sais que je me trouve dans un cercle infernal et qu'il ne va pas être facile d'en sortir. Mais je n'ai pas encore vu le fond de l'horreur.

VIII

Le piège se referme

Retour à la maison de Labaz.

C'est une soirée comme les autres. La quinzaine de personnes de tous bords, les habitués, sont au rendez-vous : prostituées, homos, travelos, bi, pédés, une ou deux femmes de la bonne société aussi... et toujours les mêmes types friqués ; les gens déglingue qu'on retrouve dans les soirées de ce style. Nous sommes tous un peu gais, on entre et on sort par la terrasse, on se promène. On boit des verres. Certains sont déjà pas mal défoncés, je ne saurais pas dire avec quelle drogue, mais je le vois à leur comportement vague, ou parano. Le soir tombe, on s'installe à table, dehors, pour le dîner. Il fait bon, c'est l'été.

Depuis que je viens ici, j'ai appris des choses qui me font froid dans le dos. Par exemple, je sais maintenant que dans le parc, cette petite cabane qu'on voit près des arbres, des filles s'y font parfois enfermer. Ça ne m'est jamais arrivé, mais j'en connais plusieurs qui ont vécu ce genre de séquestration. Elles en sont restées malades pendant plusieurs semaines. On se chuchote ce genre d'informations, comme un code qu'on ferait passer entre nous, une sorte de menace toujours présente qui nous rappellerait notre condition inférieure, et le pouvoir de ceux qui nous maintiennent dans cet enfer.

On enferme aussi dans le grenier qui se trouve dans la tourelle. On appelle ça « la chapelle ». Je ne sais pas pourquoi. Et il y a toujours le premier étage, interdit, à moi et à presque tout le monde, sauf certaines personnes triées sur le volet.

Ce soir-là, je suis intriguée. Est-ce un mot que j'ai entendu, une allusion faite devant moi, je ne sais plus. Toujours est-il que lorsque le Cobra monte, je reste en bas une dizaine de minutes pour donner le change, puis je me faufile jusqu'au palier du premier. Je prends bien garde qu'on ne me voie pas. J'ai le souffle court car je sais que je n'ai pas le droit d'être là, même si j'ignore encore ce que je risque...

Quelques pas plus tard, je suis devant une porte qu'on n'a pas fermée, et j'entrevois une scène qui restera gravée dans ma mémoire : le Cobra est en train d'attacher une gamine à des anneaux *(ou étaient-ce des crochets ?)* dans le mur. Elle ne se débat pas, elle ne dit rien. Je suis sûre que c'est une gosse parce que je fais bien la différence entre moi, qui suis déjà formée, sapée, maquillée, et cette gamine qui n'a presque pas de nichons. Le Cobra ne me voit pas. La petite, je ne sais pas. Elle doit avoir autour de treize ou quatorze ans : une gaffette ! Déjà, j'ai l'impression d'en avoir trop vu et je me sauve, le cœur battant. J'ai peur qu'on m'aperçoive pendant que je descends. Heureusement, je regagne le rez-de-chaussée sans encombre.

Je suis en sueur et toute la soirée, je reste crispée, mal à l'aise. Je viens de réaliser qu'il y a des mineures dans cette histoire, qu'*ils* leur font subir quelque chose de vraiment pas normal, et je rapproche ce que je viens de voir de ce que je sais déjà : que des filles sont recrutées dans des foyers, dans la rue, des petites paumées qu'on dresse, qu'on utilise, qu'on envoie parfois très loin, qui se font fracasser par des mères maquerelles qui les mettent d'abord en confiance...

Je me sens tellement mal que même le Cobra le remarque. Il me demande ce que j'ai. Je ne réponds pas. Il pose la question plusieurs fois dans la soirée, sans que je lui livre mon secret.

Deux ou trois jours plus tard, je lui demande à mon tour, comme si c'était une idée qui venait de me traverser l'esprit :

– Tu fais des trucs avec des gamines, des fois ?

– Non.

– Tu ne montes pas avec des filles de treize ans ?

– Non, je ne prends que des prostituées, pas de gamines.

Ce jour-là, je m'écrase encore. Mais ça me travaille de l'intérieur. J'ai de mauvais pressentiments.

À la fin de la semaine, quand nous retournons à la maison de Labaz, je craque. Nous arrivons au beau milieu d'une soirée où je vois beaucoup de filles très jeunes. Des filles que je ne connais pas. Le Cobra est en train de les dévisager, et je vois bien qu'il en a envie. Je lui lance :

– Je croyais que tu ne faisais pas ça avec des gamines ?

– Non, mais celles-ci ne sont pas des gamines-gamines.

– Attends ! Je t'ai vu là-haut, l'autre jour, la dernière fois qu'on est venus, avec une vraie gamine dans la chambre.

Là, le Cobra devient tout rouge ; il me laisse en plan et cinq minutes plus tard, il revient et me demande de le suivre. À la seconde où j'ai avoué l'avoir vu au premier étage, j'ai compris que ça allait mal tourner pour moi. Quand il m'entraîne là-haut, je me dis : « Ça y est, je vais y passer... »

Au premier, nous sommes rejoints par la Faux. Mais nous ne nous arrêtons pas là. Nous arrivons dans le grenier, la fameuse « chapelle ». Là, ils me disent d'entrer. Je m'exécute. Pas moyen de faire autrement. Ils s'engouffrent derrière moi et nous voilà tous les trois dans une très petite pièce, peut-être de dix mètres carrés. Juste la place pour un lit minuscule, une table et une chaise. *(On me deman-*

dera, au cours de l'instruction, de décrire cette pièce et l'on s'étonnera que je ne me souvienne pas des détails. Mais ma mémoire est mon amie : elle me permet d'oublier certains moments dramatiques. Les souvenirs se font flous quand j'ai trop souffert.)

Je n'ai pas le temps de réaliser ce qui m'arrive : je me retrouve les mains attachées à une sorte de poutre *(ou était-ce autre chose ?)*. Je reste enfermée, attachée toute la nuit et tout le jour suivant. Il n'y a pas de toilettes... La nuit venue, la Faux revient, avec son acolyte. Ils m'apportent à bouffer. Mais je ne mange presque rien, ne bois presque rien.

Pendant une semaine, ils me séquestrent. Je suis morte de trouille, de dégoût et de honte. Par moments, je m'évanouis à moitié. Ou j'imagine qu'ils vont me laisser là toute ma vie. D'autres fois, je me vois en cadavre. Le temps passe très lentement, très cruellement. Je souffre de saleté, d'humiliation, de peur, de ma vie qui part en lambeaux, de mes rêves qui sentent le pourri. J'ai mal aux mains, aux bras, aux cuisses qui me démangent, au dos... Comment ai-je pu en arriver là ? Que va-t-il se passer ? Vont-ils me tuer ? Ne l'auraient-ils pas déjà fait ? Mes questions restent sans réponse. Mon imagination part dans toutes les directions à la recherche d'une issue de secours improbable. La maison est enfoncée dans un épais silence. Je suis plus seule que seule. De toute façon, il ne me viendrait même pas à l'esprit de crier.

À la fin de cette semaine d'enfer, j'entends des pas familiers. La Faux ouvre la porte, laisse passer le Cobra qui me détache et m'interroge :

– Alors, il s'est passé quoi le week-end d'avant ?

– Rien

– Mais qu'est-ce que tu as vu ?

– Rien.

– Tu as compris ?

– J'ai compris.

Je n'ai qu'une hâte, partir. Je suis incapable de penser. Mes vêtements sont souillés, mes poignets rougis, des bouts de cauchemars flottent dans ma tête, même si je me sens soulagée de ma libération. Maintenant, je comprends ce que d'autres ont subi déjà. J'ai la tête baissée sur ma souffrance et la certitude que jamais je ne pourrai m'échapper de ce microcosme de haine. Je me sens broyée. La voix qui, de temps en temps, me criait de m'échapper de cette prison, s'est tue avec cette évidence : « Qu'as-tu vu ? RIEN. »

Je dois attendre que la soirée soit terminée, puis le Cobra me ramène sur Toulouse. *(J'ai encore des frissons en revoyant les quelques flashes de cette séquestration. Parmi les moments de désespoir de ma vie, celui-ci fut un des plus intenses. Une fois de retour dans la Ville rose, je me rappelle mon épuisement et mon impossibilité de dormir, tant j'avais souffert.)*

À partir de ce jour, j'aurai toutes les peines du monde à remettre les pieds dans cette maison. Chaque fois que le Cobra me demandera de l'accompagner, je commencerai toujours par dire « non ». Malheureusement, ce « non » n'a aucune valeur...

La mallette

J'ai donc eu très peur, mais je ne suis pas la seule. J'ai l'impression d'une terreur grandissante autour de moi. Je sais qu'il arrive plein de choses à d'autres filles : il n'y a qu'à voir la gueule de certaines – couvertes d'ecchymoses et les dents cassées – quand elles rentrent des soirées avec ces messieurs de la haute...

Pourtant mon esprit de révolte est toujours là. Je décide de le laisser se manifester, par en dessous, un peu comme quand j'étais petite et que je ne pouvais rien face aux adultes. Quand vous voyez une gamine se faire violer par un bourgeois dans une pièce, ça vous trotte dans la tête. Je m'interroge : est-ce que c'était un trafic de filles ? Un « essayage » ? Une punition ? Les trois ? Je décide de chercher et de profiter de n'importe quelle occasion qui se présentera.

Un soir, nous sortons de boîte, il est tard. Le Cobra est bien allumé, un peu défait. Nous allons chez lui. À peine arrivé, il s'affale sur le lit et s'endort. C'est alors que j'ai l'idée d'aller fouiller dans son bureau. En plus de mes interrogations sur les mineures transformées en chair à partouze, j'entends sans arrêt parler de tas de choses louches, de tas de trafics, il est normal que j'aie envie de savoir... Je ne sais même pas ce que je cherche ce jour-là.

Chez le Cobra, il y a une pièce dans laquelle je n'ai jamais le droit d'entrer, une sorte de bureau toujours fermé, où je pénètre ce soir-là. Je fouille, très superficiellement, et tombe sur un attaché-case, une mallette en ferraille fermée par une combinaison. J'essaye de l'ouvrir, n'y arrive pas, et me tire vite fait. Avec la mallette. Je préfère ne pas m'éterniser.

Avec ce truc sur les bras, je ne sais pas trop quoi faire. J'ai le sentiment d'avoir accompli le genre d'exploit héroïque qui m'avait valu d'être séquestrée la dernière fois. Une petite sonnette d'alarme retentit dans ma tête. Il ne fait certainement pas bon traîner avec cette mallette, d'autant plus que je ne sais pas du tout comment l'ouvrir. Alors je vais trouver mes copines travelos, en pleine nuit, sur leur coin de trottoir. Je dois leur transmettre ma panique, car elles réagissent au quart de tour. Tou(te)s les trois, nous montons dans ma voiture sans savoir où aller, dans l'improvisation la plus totale. Au bout de quelques kilomètres de conduite accélérée et hasardeuse, je me rends compte que nous nous dirigeons vers Bayonne. Des souvenirs d'un lieu que j'ai fréquenté autrefois reviennent à la surface. Je propose l'idée : « On pourrait aller au centre hippique, je connaissais un mec qui y travaillait, c'est un bon endroit pour planquer tout ça ! »

Arrivé(e)s au club hippique, nous forçons la serrure et regardons le contenu de la mallette. Nous restons abasourdi(e)s. Photos et documents nous tombent des mains. Que de gens connus ! Que de trafics ! Nous avons là des preuves accablantes d'activités illicites, de perversion, des photos de personnalités dans des positions très compromettantes. *(Même pour ce livre, je ne dirai pas ce que j'ai vu car je n'ai plus ces preuves aujourd'hui. Alors à quoi bon parler de choses qu'on ne peut pas montrer ; ce serait signer mon arrêt de mort...)*

– Avec tous ces trucs, y a de quoi faire sauter des gens à la pelle ! dit une copine.

– Tu te vois, toi, en train de ballarder tout ça ?

– En ce moment ? Avec tous les meurtres ? Pas du tout !

– Bon. Alors qu'est-ce qu'on en fait ?

– Ben on l'enterre, c'est ce qu'on a de mieux à faire. Si on doit venir la chercher un jour, au moins, la mallette est à l'abri.

On choisit un endroit dont je n'ai malheureusement pas gardé de souvenir précis, et on creuse comme des folles, chacune surveillant à tour de rôle, on ne sait jamais, même à cette heure tardive. En réalité, on meurt de trouille...

(Je ne sais plus bien où c'est aujourd'hui et je regrette d'avoir ouvert ma gueule quand on m'a interrogée. Parce que beaucoup de monde – des journalistes, des flics et les gens concernés – connaît maintenant cette histoire et n'importe qui a pu aller chercher la mallette en question. De toute façon, quand je suis retournée sur les lieux, tout avait changé : les propriétaires avaient rénové, les déchets du centre équestre avaient été jetés dans une fosse et tout était recouvert de béton armé. Si ça se trouve, la mallette est encore là-bas ! Des années plus tard, la terre est descendue à certains endroits, remontée à d'autres... Les gendarmes – nous en reparlerons – ont creusé jusqu'à un mètre de profondeur : néant...)

En tout cas le Cobra ne se doute pas du tout que c'est moi qui ai volé la mallette. Il m'interroge, pour la forme, quand il s'aperçoit qu'elle a disparu, mais je lui dis que je ne sais même pas de quoi il parle, que de toute façon, son bureau, je ne vois pas pourquoi j'y mettrais les pieds, et qu'il aille se faire foutre, à me soupçonner comme ça. Étant donné ce qui vient de se passer à la maison de Labaz, peut-être se dit-il que j'ai eu mon compte et appris ma leçon. Donc il n'insiste pas.

Depuis cet épisode dans « la chapelle », de toute façon, je suis aux aguets. J'écoute tout de ce qui se dit, j'essaye désespérément de comprendre ce qui se passe dans ce monde auquel j'appartiens de plus en plus sans le vouloir. Une fois encore, je sens que ma vie est en train de m'échapper, que je n'ai pas de contrôle, que je suis dans un engrenage dont je ne comprends pas bien le fonctionnement. C'est pour cela que je glane le plus possible de renseignements. Pour me protéger au cas où... La suite va me prouver que j'ai raison d'avoir, encore, des mauvais pressentiments.

Mais jusqu'où vais-je me laisser tomber avant de réagir ? Aujourd'hui, mon comportement me paraît différent parce que je m'en suis sortie, j'ai regagné le monde des vivants. Mais à l'époque, j'avais tellement peur que le moindre geste en direction de la liberté me mettait le front en sueur. Tous les jours on nous racontait des horreurs sur les filles rebelles : des meurtres maquillés en suicide, des séances de torture grassement payées par de riches pervers, des putes insoumises qu'on enfermait dans des baraquements de chantier, attachées, pour endurer plusieurs dizaines de mecs par jour avec l'aide d'un peu de drogue. Des filles qu'on utilisait quelques semaines et qui mouraient rapidement d'overdose. Des d'hommes qui les battaient, les humiliaient, les trucidaient, leur tailladaient le sexe, les découpaient en morceau et que sais-je encore, car la méchanceté humaine n'a pas de limite. La domination du plus fort sur le plus faible non plus. Je suis bien placée pour le savoir. Et c'est pour ça que je ne bougeais pas le petit doigt. *(À part mes pathétiques révoltes durement réprimées.)* Dans mon esprit, les valeurs disparaissaient une à une, je n'avais plus de repères, le mot « amour » n'avait déjà plus aucune signification, bientôt, celui de « vie » allait, lui aussi, se laisser emporter dans la tourmente.

IX

La mort de Line

Le soir de la mort de Line, je me suis aperçue que mon copain le petit vieux n'était pas cardiaque. Mon petit vieux, vous savez, celui que j'aimais bien parce qu'on se parlait pendant des heures et qu'il ne me touchait pas. S'il avait été cardiaque, il n'aurait peut-être pas résisté au vacarme qu'il a entendu cette nuit-là.

Ça se passe à l'hôtel des Vendangeurs, en face de la gare de Matabiau, sur les quais, dans une de ses chambres simples, pas très grandes, un peu sordides, aux rideaux sales. Nous venons de dîner, et nous sommes montés tous les deux pour discuter à notre aise, comme nous le faisons d'habitude. Mon petit vieux commence à parler, et pendant plus d'une heure, au lieu de l'écouter comme je le fais toujours, je m'inquiète de plus en plus des bruits de voix qui traversent la mince cloison de ma chambre[1]. Une dispute, mais pas n'importe

1. Pendant cette période de ma vie, j'habite cet hôtel par intermittence et cette chambre est la mienne.

laquelle, je le sens. Résultat : je tourne en rond, je tourne en rond et je tourne en rond. Au bout d'un moment mon client s'étonne :

– Tu n'arrêtes pas de bouger ! Ça ne va pas ? Tu as le « wouhaïlle » ?

– Mais non, j'ai pas le « wouhaïlle » ! Seulement ce soir, je ne pense pas qu'on va beaucoup discuter, tu vas rentrer à ta maison, plutôt !

– Pourquoi ?

– T'entends pas gueuler, à côté ?

– Si, mais ce n'est pas grave, ce sont des gens qui se prennent la tête, ça arrive souvent dans les hôtels...

(Pas grave ! Depuis que je me promène de long en large, les cris, les coups, les gémissements se sont accentués. Je ne sais pas ce qui se trame, mais il ne s'agit sûrement pas d'une querelle d'amoureux !)

– Là, ce n'est pas pareil ! Faut que tu partes, tu ne peux pas rester, on se verra demain !

Après cette explication sommaire, il obtempère et s'en va tranquille. Heureusement, je ne lui dis pas qui est dans la chambre à côté...

Mais je le sais, bien sûr. J'ai reconnu une certaine voix grave, et sans savoir qui est avec cet homme, je sais qu'il s'agit d'une femme qui ne se contrôle pas, car sinon, le ton ne serait pas monté de plus en plus fort, de plus en plus aigu, ne serait pas devenu insupportable. Je n'entends pas clairement ce qu'ils disent, car il y a aussi des bruits de trucs qu'on déménage, qu'on jette. Par moments, il est question de came, à d'autres, ils parlent de déposition, de meurtre, et d'autres trucs auxquels je ne comprends rien. Mais je me rappelle bien qu'à un moment, je prie presque pour que la fille ferme sa gueule, car je connais cet homme, je sais que rien ne l'excite d'avantage qu'une femme qui lui résiste, qui ne veut pas se taire. Rien, hélas, qui le pousse autant à la sauvagerie. C'est cela qui va me décider à aller voir ce qui se passe, c'est ce besoin de l'aider, cette fille que je n'ai pas identifiée jusque-là comme étant Line. Voler à son secours et lui dire : « Mais tais-toi, t'as pas compris que ça va mal finir ? »

(Je suis sûre qu'elle avait pris de la came[1]*, sinon, elle aurait senti le danger... et elle serait peut-être toujours en vie. Au départ, il voulait simplement la calmer, je crois. Simplement lui faire peur pour qu'elle n'aille pas ballarder ses histoires aux flics. Parce qu'elle voulait raconter ce meurtre dont elle avait été témoin. Tout ça, je le pigerai petit à petit, dans la discussion, sans saisir l'ensemble de l'histoire. Juste des morceaux, comme toujours... Et Line, au lieu de dire « Amen », s'est mise à l'insulter, à lui résister, à ouvrir sa gueule, à lui dire qu'il fallait qu'elle parle de ce meurtre, que ça lui pourrissait trop la vie.)*

1. Et lui aussi !

Une fois mon petit vieux parti, je me demande quoi faire puis n'y tiens plus et décide de sortir de ma chambre dans l'espoir d'en savoir davantage. J'actionne la poignée de ma porte, je me sens totalement instable, il faut à tout prix que je bouge. J'ai la sensation presque physique qu'il va se passer quelque chose, que je dois être là, que ça va mal tourner. Les pensées s'engouffrent, confuses, dans ma tête mise à mal par une migraine galopante. Je ne cesse de me répéter, comme un leitmotiv « Que faire ? » et je m'approche de la chambre d'à côté.

(À partir de là, je dois le dire – et je suppose que ça va arranger beaucoup de monde – mes souvenirs sont un peu anarchiques. Je fais régulièrement des cauchemars concernant cette nuit-là, alors il ne faut pas m'en vouloir. Je crois que j'ai passé tant de temps à essayer d'effacer ces souvenirs... puis à essayer de les récupérer à tout prix parce qu'on me le demandait avec insistance... Et puis il paraît qu'un traumatisme comme ça, ça bousille la mémoire, alors...)

J'approche donc de la porte de la chambre voisine, histoire de mieux écouter. Les pensées qui me traversent ont trait à cet homme *(Qu'est-il en train de faire exactement ? Va-t-il la tuer ?)* et à la fille dans la chambre. *(Pourquoi le défie-t-elle ? Qu'est-ce que c'est que ces histoires de meurtre et de came ? Est-ce que je peux arriver à stopper l'engueulade ?)* Et là – le destin ? –, je trouve la porte entrouverte. Si elle avait été fermée, je serais certainement retournée dans ma turne et tout aurait été différent.

D'où je suis, je ne peux voir que le coin douche, la fenêtre et une prostituée que j'appellerai Rebecca. Celle-ci se dirige vers la droite, je la suis du regard en me mettant de biais, et mes yeux rencontrent la silhouette de l'homme : il cache celle de la fille dont je me demande toujours qui elle est. Mais je vois que ça tape fort. Affolée, je retourne rapidos dans ma chambre. J'attends un peu. Je tournicote. *(Que faire ? Aller porter secours ? Pourquoi Rebecca est-elle là, qu'est-ce que ça veut dire ?)* À ce moment, les bruits de voix s'amplifient, se rapprochent : je me dis qu'ils sortent de la piaule. J'en profite pour sortir moi aussi, je veux savoir.

Première vision : Rebecca dans le couloir. *(Tente-t-elle de fuir ?)* À peine suis-je arrivée à sa hauteur pour lui demander des explications, à peine ai-je ouvert la bouche qu'*il* sort de la pièce comme une furie, nous attrape toutes les deux par les cheveux et nous force à rentrer dans la chambre. D'un coup sec, il referme la porte. Ça résonne encore dans ma tête. Il nous dit :

– Vous ne bougez pas de là !

Terrifiée, je découvre une fille sur le lit, à moitié à poil, déjà bien esquintée, du sang sur le visage, l'air hagard, les cheveux collés de sueur. Je l'identifie immédiatement : c'est Line, je l'ai déjà vue faire le tapin. *Il* la cogne dur, à grands coups de poing sur le visage. *Il* la défigure complètement, transformé en sauvage, en démon. Je ne veux pas voir ça. Je tente de partir. *Il* me lance, féroce :

– Toi, tu ne bouges pas sinon t'as la même chose !

Je tremble de tous mes membres, comme si un nuage de crasse et d'horreur s'immisçait dans ma chair. Les élancements de la migraine se font pressants, accentués par les cris dont l'écho part en vrille dans mon cerveau. Ça pue la mort, ça pue la terreur, je veux partir ! Je veux partir... et m'accroupis, lamentable, sous la fenêtre, le visage baissé, position fœtale, tétanisée, pétrifiée. Une mauviette, une lavette, je me déteste. Finis les rêves de chevaliers qui sauvent le monde, terminées les histoires d'héroïsme où je défiais les méchants pour défendre une pute dans la rue. Qui suis-je, moi, pour m'opposer à la force brute d'un individu livré à sa folie sanguinaire, adulé et protégé par la société dans laquelle il prospère. Qui suis-je, moi la pute, pour vouloir sauver celle qui va mourir sous mes yeux, en saignant, en pleurant, comme une bête ?

Ma tête est baissée, j'ai pris le parti de me taire, de souffrir, de subir, je voudrais pouvoir me boucher les oreilles, mais j'ai trop peur de la colère du tueur et me contente de cette position recroquevillée, stupide. Alors il y a ce moment, terrifiant entre tous, plus fort que moi, où je lève le visage vers la scène du supplice. Est-ce à cause des gémissements de Line de plus en plus faibles ? De la trouille ? De l'arrivée imminente de la mort ? Je ne sais plus. Ce que j'aperçois, en un quart de seconde *(pourquoi regarder plus longtemps une scène aussi immonde ?)*, c'est l'absolu de l'horreur : *Il* s'acharne sur Line, écrasée sur le sol par le poids du corps de son bourreau, sans volonté, soumise, il la manipule comme une marionnette, la contraignant à des positions épouvantables, abjectes, la pilonnant de tout son corps. Elle est à l'orée de la mort, elle n'en peut plus, elle a le regard qui chavire, qui supplie, incrédule devant celui qui est en train de la balayer de la surface de la terre en quelques coups bien placés, quelques humiliations bien senties. Et lui, le tortionnaire, diable de pacotille, démon sans envergure, plante son sexe comme un épieu dans le corps sanguinolent de sa victime, s'acharne sur elle, et dans un élan de toute sa masse, lève les yeux au ciel et sourit, comme un ange, de l'énorme jouissance qui l'emporte. Oui, cette scène, en un éclair, a transformé à tout jamais ma vie, ma mémoire et mes nuits. J'ai levé les yeux, j'ai regardé, j'ai vu.

Il n'y a pas de mots...

***

Après, je ne sais plus... J'ai l'impression que ça dure des heures, j'ai peur, je tremble de tout mon corps. Je crois bien que quelqu'un est entré dans la pièce et leur a dit de la boucler ; et j'en ai profité pour me tirer. Je suis retournée dans ma chambre et me suis enfermée à clé. Je me suis isolée dans un état limite, un monde à part, mais je percevais quand même les bruits à côté.

Au bout de peut-être trois quarts d'heure, j'entends des pas dans le couloir et j'entrebâille ma porte : je vois l'homme descendre les escaliers. Je vais à ma fenêtre vérifier s'*il* est bien parti. J'attends un quart d'heure *(chaque minute me semble durer une éternité, il faut que j'en aie le cœur net, il faut que j'y retourne)*, et me rends à nouveau dans la chambre voisine.

Line est sur le dos, comme *il* l'a laissée. Elle ne bouge plus. Autour d'elle, des objets jetés, cassés. Il y a du sang partout. À ce moment je ne sais pas qu'elle est morte car je crois la voir respirer. Très faiblement, mais tout de même.

Soudain, j'entends du monde et je retourne vite, encore une fois, dans ma piaule. Mon cœur bat à tout rompre. C'est le tueur, Rebecca, une fille [1] et un autre homme. Un employé de l'hôtel ? Je ne sais pas. Je ressors derrière eux et, par la porte entrouverte, les vois mettre le corps de Line par terre. Puis un linge blanc est jeté sur la morte. Les hommes portent le corps en direction de la salle de bains. Je ne peux en voir davantage, c'est trop risqué.

Je repars. Dans ma chambre, tout me paraît glauque. J'étouffe, je tremble de tout mon corps, j'ai froid. J'ai l'impression d'un cataclysme, d'avoir plongé dans un océan d'horreur... Je décide de m'habiller et de sortir. Comment rester une minute

1. Aujourd'hui, il m'est impossible d'identifier cette personne.

de plus dans cette atmosphère saturée de violence et de mort ? Dehors, j'arriverai peut-être à reprendre mes esprits.

Je ne le sais pas, mais *il* m'a précédée.

Le jour vient de se lever. Je me dirige vers le Café noir pour avaler un remontant. J'en ai vraiment besoin. C'est le seul troquet ouvert à cette heure, en tout cas, le plus proche de l'hôtel des Vendangeurs. Pas une minute je ne pense que je vais y faire une mauvaise rencontre. Je suis bien trop murée dans la douleur de ce que je viens de vivre.

Pas question de prendre un pastis-croissant, mon petit déj' préféré ! J'ai la nausée, je me sens mal, la scène de cette nuit ne veut pas s'éjecter de ma mémoire. J'entre au Café noir, tous néons allumés, ça fait mal à la tête, encore et encore. Je m'affale dans un coin, le plus près possible de la porte. Mes jambes ne me portent plus. Je commande un café d'une voix à peine audible, on me l'apporte, et là, je m'aperçois que de l'autre côté du comptoir, le tueur de Line me lance son regard d'assassin ! Alors je prends peur, et je demande à Papy, le serveur qu'on appelle aussi « Sans dents » – parce qu'il n'en a pas – de m'appeler un taxi.

Pendant tout le temps de l'attente, *il* ne détache pas ses yeux de moi. Impossible d'avaler mon café. On dirait la tasse habitée par un esprit frappeur, tant elle frissonne dans ma main. Quand arrive le taxi, je me précipite vers la voiture et ferme vite la portière. Ce n'était pas la peine, le monstre, lui, n'a pas bougé et me regarde partir avec le même visage fermé et les mêmes yeux de fou sanguinaire...

Quelques jours plus tard, combien de temps après le meurtre, je ne sais plus, les flics me rattrapent à Fontenilles, à une vingtaine de kilomètres à l'ouest de Toulouse. Je me suis réfugiée chez un copain, un ancien client qui m'héberge. Un peu de tranquillité bien méritée, mais qui ne dure pas...

À peine arrivée au commissariat – celui que je connais bien en plein cœur de la Ville rose –, deux des flics me prennent en charge et m'amènent dans un bureau. Ils restent près de la porte et la Faux entre *(je m'attendais bien à le voir...)*. Il demande de sa voix grasse :

– T'as vu quelque chose, l'autre jour, à l'hôtel des Vendangeurs ?

– Non.

– Attachez-la au radiateur *(il s'adresse aux deux flics)*.

Près de la fenêtre, un radiateur brûlant. Ils me font asseoir sur une de leurs chaises grand confort et m'attachent, avec les menottes, les mains contre la fonte. Ça fait mal.

– Je répète ma question, qu'est-ce que t'as vu la nuit du 2 au 3 janvier ?

– J'ai vu...

– Qu'est-ce que t'as vu ?

– Tout.

Et là, j'en ai tellement marre et j'ai tellement les nerfs que je lui en mets plein la gueule :

– Je vais tout ballarder, je te dis ! Tu m'emmerdes, tu n'es qu'un enculé ! Si tu penses que je vais me taire, tu peux te faire téter les yeux !

Ça a dû le mettre en colère, car il me balance à la fouille. C'est leur truc, aux flics, pour être tranquilles dans une pièce avec vous. Je demande au planton de service à être fouillée par une femme, mais à l'époque, il n'y en a pas beaucoup. C'est comme les avocats, pour en avoir un face aux flics [1], c'est coton. Donc, pas de femme... Et là, la Faux me viole à sa manière bien moche et bien dégradante. *(Ce type est un sale jouisseur, plusieurs prostituées en témoigneront.)* Ensuite, pour me punir encore, il me met en garde à vue pour la nuit. Une planche sans coussin, une porte blindée, pas de clopes. Je connais bien l'endroit...

Quand il me libère, la Faux me dit :

– Tire-toi de Toulouse, pars aussi loin que tu peux, de toute façon l'affaire est classée.

J'ai envie de hurler, de vomir toute cette horreur, de prendre un haut-parleur et d'aller place du Capitole pour gueuler tout ce que j'ai vu. Enfin, quand je dis que j'ai envie... C'est fou ce que l'imagination peut faire dans ces cas-là ! En fait, en guise de

1. Jusqu'en janvier 2000, l'avocat n'a le droit d'intervenir qu'après la vingtième heure de garde à vue. (NDLR)

déballage, je me casse, pas bien loin, mais je pars. Il est clair que je ne vais pas m'éterniser dans la Ville rose. Toujours autant la trouille, toujours autant de pressions... Même ce rude épisode ne m'a pas décidée à décrocher pour de bon. Il me faudra mûrir encore un peu pour y parvenir et être prête à accepter l'éventualité de la mort plutôt que cette existence-là. Et quand je vois ce qui s'est passé pour d'autres filles de cette période, qui sont maintenant dans un asile de fous ou droguées, je me dis que j'ai bien de la chance, malgré tout, avec ma petite vie et mes quatre enfants...

*
**

La mort de Line, ça m'a tellement touchée que c'est encore là. À partir de ce moment, tout bascule. Il n'y a pas un jour où je n'y pense pas. Je la voyais dans la rue, mais je ne la connaissais pas, elle était camée, donc on n'avait rien en commun. Mais c'était un être humain, pas une chose, un être humain... C'est pour ça que je suis là aujourd'hui, que je témoigne, que vous tenez ce livre entre les mains. *(Franchement, vous croyez qu'une histoire comme celle-là ça s'invente ? Même un monstre ne pourrait pas faire ça ! Ou alors, ce serait immonde ! Pour moi, c'est une preuve, la mort de Line. Une preuve que je dis bien la vérité.)*

C'est Michel Roussel qui m'a motivée, il m'a dit que je ne pouvais pas me taire, pas sur des trucs comme ça. Je ne voulais pas parler jusqu'au jour où je me suis regardée dans la glace et où je me suis dit : « Tu vas porter cette croix toute ta vie. » Il n'y avait que ça dans ma tête. Je me sentais trop coupable d'avoir été là et de n'avoir pas pu empêcher cette monstruosité. Je vivais avec cette horreur tous les jours. *(Et je ne peux pas accepter qu'un mec qui m'a répété pendant un an et demi que je ne pouvais rien faire, mette aujourd'hui dans son bouquin que j'ai eu tort de ne pas intervenir, ou quelque chose comme ça. Ça, je ne peux pas le gober. J'aurais voulu que Michel Roussel soit là, dans la même scène, pour qu'il voie... Et lui, qu'aurait-il fait ? Sait-il que depuis cette soirée mortelle je ne me suis plus jamais donné le droit d'entrer dans une église, tant je me sens mauvaise ?)*

*
**

Après la mort de Line, plus rien ne sera pareil. Je comprends à cent pour cent le monde dans lequel je vis : une pourriture. Je comprends que j'appartiens désormais à ce monde parce que je suis à tout jamais témoin de ce meurtre. Et dans un premier temps, je me résigne, je suis le chemin qu'ils ont tracé pour nous les putes : quand tu deviens témoin, tu deviens complice, et tu la boucles. Tu es prise entre le marteau de la pègre et l'enclume des flics. C'est ainsi depuis la nuit des temps, paraît-il. Voilà : le poids est trop lourd à porter. Je fais ce qu'on m'a dit et j'enterre mon besoin de dénoncer.

Pas pour longtemps. Car le meurtre de Line est suivi d'un autre assassinat, tout aussi atroce pour moi, même si je n'y assiste pas. Celui de Claudia, un travelo que je connaissais et que j'aimais bien. Un mois et demi plus tard.

X

Petits crimes entre amis

Déjà, avant le meurtre de Line, j'avais été le témoin involontaire – encore une fois – d'un étrange coup de fil. Sur le moment, je n'y avais pas attaché une grande importance. *(Pas plus que je ne tenais compte des menaces que l'on me faisait sans arrêt, ou de toutes les autres choses qu'on disait aux copines. Si j'avais dû prendre pour argent comptant tout ce que j'entendais, je n'aurais plus jamais trouvé le sommeil.)*

Claudia

Nous sommes à la maison près de Labaz. Même si je fais la gueule, j'y accompagne le Cobra. Mais il ne s'agit pas d'une des « soirées » organisées pour les gens chicos de la région. Simplement quelques amis qui se réunissent pour un dîner, histoire de se voir et de se parler. Il y a Patrice, la Faux, ses deux acolytes habituels et je ne sais plus qui. Je ne suis pas la seule fille.

À la fin du repas, le Cobra se lève. Cela donne le signal aux autres et je les vois se diriger dans une des pièces du rez-de-chaussée, celle où il y a le téléphone.

Je fais semblant d'aller aux toilettes, cela me permet de passer près de la pièce où ils se trouvent. La porte est à deux battants, ou coulissante, je ne me souviens plus exactement, toujours est-il qu'elle reste entrouverte. Dans cette pièce, le Cobra rejoint Patrice, la Faux et ses deux lourdauds. Le Cobra s'empare du téléphone, compose le numéro et met le haut-parleur, pour que tout le monde puisse participer à la conversation. *(Moi aussi, j'entends tout ce qui se dit !)*

Je reconnais immédiatement la voix de la personne qu'ils ont appelée. Patrice lui parle de cassettes vidéo qui pourraient foutre en l'air sa carrière, avec des passages sado-maso où il figure. Filmer, je sais que c'est le grand truc de Claudia, le travelo. Et j'entends la réponse de l'interlocuteur :

– Il faut à tout prix récupérer cette cassette, il ne faut pas qu'elle circule, quoi qu'il en coûte.

Il termine la conversation en affirmant :

– Je compte sur Pat et la Faux pour s'en charger.

Une fois de plus je détale, de peur d'être surprise en flagrant délit d'espionnage. Pas la peine de revivre ce qui m'est arrivé ici il y a quelques mois.

Je regagne la pièce principale comme si de rien n'était. Au bout d'un moment, ils reviennent en rigolant, et s'assoient sur un des canapés pour prendre le café avec nous.

Claudia, c'était plutôt une copine. Elle m'a aidée au niveau pognon. Elle m'a même fait travailler avec des clients à elle, car elle a compris combien j'avais en horreur le trottoir. Alors en me donnant des conseils, en montant avec moi et en me refilant des clients, elle me rendait la vie plus douce. J'ai déjà expliqué à quel point je n'aimais pas ça, le trottoir. Racoler dans la rue est plus humiliant que de « recevoir » des clients qu'on vous a envoyés. Et puis on ne sait pas sur qui on va tomber. Vous me direz qu'avec mes clients huppés, je ne pouvais guère aller plus bas, mais, bizarrement, les inconnus de la rue me faisaient encore plus peur. Quand j'ai dû monter dans une voiture, ce qui est arrivé très rarement, une copine a pris les numéros d'immatriculation au cas où. Mais il fallait vraiment que j'aie besoin de thunes pour que je suive un mec dans sa bagnole...

Malgré mon amitié pour Claudia, je n'ai rien pu dire. J'avais trop la trouille, une pétoche de tous les instants : on n'avait pas affaire à des petites frappes comme mon frère, mais à des gens capables de vous trucider en deux minutes, même pas le temps de dire ouf ! Cela montre aussi à quel point ce que j'entendais devenait banal pour moi : meurtre, trafics, séquestration... Au point de ne pas pouvoir reconnaître quand une info pouvait devenir vitale – disons plutôt mortelle – pour quelqu'un d'autre...

Claudia, tout travelo qu'il était, avait une femme et un enfant. Quand il est mort, les flics ne sont même pas allés les interroger. Même pas... Pourtant, sa femme savait qu'il faisait des cassettes vidéo de cul. Plus tard, Michel Roussel ira les voir, comme il l'a fait pour tant d'autres témoins « oubliés »...

Lors de la confrontation avec Patrice en 2003, je lui ai demandé s'il avait les cassettes de Claudia, et je crois l'avoir vu sourire. Mais ça ne veut rien dire...

Quoi qu'il en soit, longtemps après le coup de fil de la maison de Labaz, je serai avec le Cobra quand je l'entendrai annoncer :

– Claudia est dégagée, c'est Pat qui s'en est chargé, mais on n'a pas pu récupérer les cassettes. On n'a rien retrouvé chez elle.

Quant à moi, je pleure la mort de Claudia. Mais je pleure aussi sur mon incapacité à lui venir en aide, ma cécité, ma vie de merde qui m'entraîne bien loin de qui je suis, bien loin de ce que j'aime, à mille lieues de mes valeurs les plus profondes, celles dont je croyais qu'elles résisteraient à tout – le courage, la loyauté, l'amour – pour n'être plus que lâcheté, démission et compromis. Comment m'en sortir ? Cette question commence à me hanter, la coupe est près de déborder...

Le bureau

Le Cobra est de plus en plus dangereux. Je ne sais pas – et ne saurai jamais – ce que je suis pour lui. Tantôt une sorte de maîtresse *(alors que ce serait plutôt lui, mon maître !),* une accompagnatrice, une victime idéale, quelqu'un qu'il fait semblant de « protéger » d'un côté pour mieux l'asservir de l'autre, une simple pute à torturer...

Depuis l'épisode de l'hôtel, celui du début de ce livre, j'ai compris qu'il était capable d'être vraiment dangereux. Pourtant, par moments, il se comporte normalement. Quand nous sortons, par exemple. Il ne me paye qu'exceptionnellement. *(Est-ce que Monsieur Trois m'a vendue à lui en échange de protection ? Je ne sais rien de ce qui se passe derrière mon dos.)* En tout cas, à partir de 1992, il va carrément devenir mon tortionnaire. J'ai l'impression que les soirées spéciales qu'il s'offre souvent ne lui suffisent plus, qu'il en veut toujours davantage, toujours plus fort. C'est comme une drogue. Se croit-il invulnérable, inattaquable ? *(De toute façon, il n'est pas le seul dans ce délire.)* J'ai de plus en plus de réticence à le voir, alors il a un nouveau jeu : la chasse à la pute dans les rues de Toulouse. Il me fait carrément choper par ses copains les flics, et amener jusqu'à son bureau, sur son lieu de travail. Pas la peine de résister...

Une fois la porte fermée à clé, il me dit que je ne suis qu'une putain et que je dois lui obéir. Les choses qu'il me fait, dans ce bureau, sont bien trop dégradantes pour être racontées en détail. J'en ai encore le front qui se mouille de sueur, rien que d'y penser. J'ai trop honte. Et pendant tout le temps que ça dure, ces petits jeux pervers *(allongée sur le bureau, accroupie, devant, derrière, il me semble avoir tout subi dans le registre de l'humiliation)*, pendant que se déroulent ces séances crades sur son lieu de travail, le Cobra me parle. C'est d'ailleurs la seule occasion où il se montre bavard. Et ses mots dégradent et détruisent encore plus efficacement que les perversions qu'il affectionne. Moi, dans cette mascarade, je disparais. Je n'existe plus. Je suis au bord du néant. Moins qu'un chien, pas même un cendrier, pas même une poubelle, rien.

Durant ces instants où l'angoisse a remplacé les aiguilles des montres, les flics qui m'ont accompagnée jusqu'au Cobra sont plantés devant la porte, à l'intérieur. Ils se rincent l'œil en ricanant, je crois, jusqu'à ce qu'il plaise au sadique d'arrêter et de me renvoyer.

(Je pense qu'il a fait subir ces choses à d'autres filles. Des filles qui étaient vachement mieux que moi physiquement, j'en suis sûre.)

Des années plus tard, un substitut du procureur, François Heinisch, me fera involontairement revivre ces scènes en me convoquant au palais de justice pour m'interroger, en présence de Michel Roussel. Son seul tort sera de fermer à clé la porte du bureau dans lequel il me reçoit, par souci de bien faire. Il est tard, après les heures de bureau, et il ne veut pas que mes confidences soient écoutées par des oreilles indiscrètes. Une fois la clé tournée dans la serrure, je serai incapable de prononcer un mot pendant plusieurs minutes tant la peur m'aura paralysée. Le substitut a bien sûr rapidement rouvert la porte quand il a vu ma tête et pris conscience de sa bévue.

C'est dire l'empreinte que ces séances ont laissée en moi...

Le parking

1992, c'est aussi l'année où Monsieur Trois va me faire connaître son habitation à Toulouse. Jusque-là, nous nous rencontrions dans des hôtels ou au foyer. Je me rends désormais souvent dans son appartement, pour le voir jouer aux jeux de son ordinateur *(!)*, ou pour des séances de coucherie où il faut lui faire des trucs dégueus. De toute façon, les règles sont toujours les mêmes : rapporter l'argent toutes les semaines. Entre quatre et six mille francs, comme d'habitude, dans une enveloppe différente de celle qui va à la Faux. *(Il y a aussi toutes les fois où je me fais piquer mon fric par les flics qui passent dans la rue. Dans ces cas-là, il vaut mieux le leur donner, car si on fait des histoires, on se retrouve en garde à vue et, là, non seulement on se fait emmerder, mais en plus, on a perdu la soirée pour les clients. Alors il vaut mieux repartir de zéro et continuer la nuit...)*

Un soir de fin de semaine où je viens rapporter

mon argent, je monte chez Monsieur Trois. (*Il a un coffre, dans son appart', pour mettre le fric.)* Je m'assieds sur le canapé, et commence à lui raconter je ne sais plus quoi, quand Patrice arrive. Ils s'enferment tous les deux dans la pièce à côté et je n'entends pas la conversation, qui dure seulement quelques minutes. Puis ils se dirigent vers moi, et Monsieur Trois me lance, comme s'il allait promener son clebs : « On y va ! »

Je les suis, monte dans la voiture de Monsieur Trois, et Pat se glisse dans sa BMW. Je m'aperçois en un clin d'œil qu'il a des passagers supplémentaires dans son véhicule, mais je ne vois pas lesquels, il fait trop sombre. Monsieur Trois conduit vite. La voiture emprunte toutes sortes de rues qui semblent ne mener nulle part. Au bout d'un moment, je demande :

– On va où ?

– On va faire des choses avec Pat, la Faux et le Cobra !

– Ah non ! Je ne veux pas !

– De toute façon c'est pas toi qui commandes. T'as pas le choix, tu le sais très bien, alors boucle-là. *(Ton autoritaire, bouche plissée, je connais les signes...)*

Je la ferme, mais je commence à avoir peur. On arrive sur une sorte de parking en plein air, près d'un terrain vague. Avec toutes les rues qu'on a prises, je ne sais même pas dans quel quartier de la ville on se trouve. On a peut-être tourné en rond ?

Notez, peu importe l'endroit, par rapport à ce qui va se passer pour moi ce soir-là.

Monsieur Trois m'ordonne de sortir de la voiture. Je me mets devant le véhicule, comme pour tenter de partir, mais je suis tout de suite rattrapée par la Faux, qui s'est extrait le premier de la BMW. J'essaie de me débattre. La Faux me met un coup de poing *(il paraît qu'après, ils ont retrouvé une de mes dents sur le parking)* et me maintient fermement. Il me fait tellement mal que j'arrête de résister. Monsieur Trois me tient de l'autre côté, on dégrafe mon short, et le Cobra passe par-derrière. Je suis coincée entre deux mecs, et entre deux voitures ; pas un centimètre pour bouger... Ils se mettent à m'insulter. *(Quand je pense au langage « châtié » du Cobra dans sa vie professionnelle, à ses manières avenantes et son sourire éclatant...)*

Chacun à tour de rôle me donne des coups, dans le ventre, sur les seins, le visage. Ils me violent dans tous les sens. Les positions s'enchaînent les unes aux autres, brutalement. Je me mets à saigner de partout. Je n'ai plus de forces. Quand ils me sentent à moitié évanouie et bien docile, ils m'installent comme une poupée sur le capot de la voiture, se saluent et se séparent. La BMW démarre. Je reste entre les mains de Monsieur Trois, qui me fait monter sans ménagement sur le siège arrière de son véhicule, et m'emmène jusqu'à un hôtel discret. Il me force à me tenir droite et je n'y arrive pas. Le portier de nuit ne prête aucune attention à notre arrivée. Il a dû en voir d'autres. Une fois dans la chambre, je m'écroule sur le lit non défait, où Monsieur Trois me viole à nouveau, sans un mot. Je n'ai ni la force de résister, ni même celle de dire non. Je ne ressens qu'une douleur sourde et diffuse, comme extérieure à mon corps. Je ne m'appartiens plus.

Le lendemain, je m'éveille seule. Je n'ai pas vu partir mon bourreau et ne sais pas combien de temps il a passé dans cette chambre. *(Je ne comprends pas pourquoi ils ont fait ça. Il ne pouvait s'agir de ce qu'ils appelaient un essayage*[1]*. Ils me connaissaient bien, à l'époque, et m'avaient déjà fait subir des horreurs de ce genre. Sans doute avaient-ils simplement envie de s'amuser...)*

1. Un essayage est l'épreuve que les prostituées doivent passer pour « exercer la profession », tout au moins dans le secteur de Toulouse. C'est le souteneur qui s'en charge. Il teste ainsi la résistance de sa recrue et sait alors où il peut la placer avec le plus d'efficacité.

XI

Ras-le-bol !

Au risque de choquer le lecteur s'il ne l'est déjà, je voudrais ici raconter mon indignation. Car il est difficile pour des non-initiés d'imaginer avec netteté jusqu'où des pervers peuvent pousser leur vice. Comme dans n'importe quel phénomène de drogue, on observe toujours une escalade des besoins. Dans ce récit, nous sommes au-delà de la prostitution, dans un domaine qui s'apparente plus aux tortures nazies et à la bestialité qu'aux déviances connues.

Jamais je n'aurais cru que des gens avec de telles responsabilités, des personnes auprès de qui tant d'entre nous se réfèrent pour la conduite de leur vie, s'adonnent à des jeux aussi meurtriers.

Les filles qui étaient conviées à ces soirées spéciales croyaient peut-être, dans leur naïveté, qu'il leur suffisait de faire ce qu'on leur demandait, d'être suffisamment dociles, obéissantes, effacées, consentantes et soumises pour qu'*ils* se contentent de les battre, ou de les enculer avec des goulots de bouteille, de ne jamais mettre de préservatifs ni de vaseline, ou encore de leur faire endosser des déguisements sado-maso répertoriés, avec fouets et autres instruments qui pouvaient facilement se retourner contre elles. Mais elles se trompaient : *ils* en voulaient toujours plus. Et ne se lassaient jamais, en raison de leur inextinguible soif de pouvoir, de leur folie sanguinaire et, de manière plus pragmatique, des érections sans fin que procurait la coke qu'*ils* sniffaient à longueur de nuit. Les coups débouchaient souvent sur des tortures et les tortures, parfois, sur la mort...

Jamais je n'aurais cru, par exemple, que l'on puisse séquestrer des putes et les attacher avec des liens de cuir mouillé, aux poignets, aux chevilles, mais aussi au cou, et leur faire subir toutes sortes d'outrages en les menaçant de mort avec un revolver pointé sur leur tempe, pendant que les liens, inexorablement, séchaient, se tendaient, meurtrissant la peau mais aussi conduisant – et c'était là tout l'intérêt du jeu pour *eux* – à un étranglement certain si les entraves n'étaient pas enlevées à temps. Suspense qui *les* faisaient jouir, mais qui ont aussi rendu certaines d'entre nous folles, au sens malheureusement réel du terme.

Jamais je n'aurais cru, également, que l'on puisse se faire casser les dents, à coups de poings, lors de séances payées par des mecs de la haute. Des bourgeois en mal de sensation, qui ne bandaient que lorsque la bouche de la fille était suffisamment fracassée pour qu'elle puisse leur tailler une pipe sanglante, la mâchoire dénudée formant une cavité à l'intérieur de laquelle l'instrument de ces messieurs pouvait se frotter à son aise. Le liquide rouge et visqueux représentait alors une sorte de consécration pour ces messieurs, une promesse de jouissance telle que parfois, ils n'hésitaient pas non plus à perforer la langue, toujours dans le même but : jouir, faire souffrir et saigner, rabaisser au rang de goret la pauvre pute qu'ils achetaient ce soir-là à un mac toujours plus avide de pognon. Une abomination qui ne représentait qu'un degré dans l'escalade, puisque, apparemment, une fois franchies les limites de la prostitution plus ou moins classique, s'étendait un pays de plus en plus outrancier, où les prostituées devenaient les victimes de véritables sadiques, voire de bouchers.

C'est ainsi que tant de filles se retrouvaient sans dents. J'en ai moi-même perdu au fur et à mesure de séances de ce genre ou de tabassage en règle. Il ne m'en reste aujourd'hui que trois d'origine. Les autres ont été – et encore, pas toutes – remplacées.

Jamais je n'aurais cru, enfin, que des nantis puissent prendre plaisir à brûler des filles avec leur cigarette, à mutiler leur sexe avant de les prendre dans le sang. Une vraie boucherie ! Sacrifiées sur le billot de la folie comme un vulgaire morceau de viande qu'on découpe. Les prostituées à l'extrême limite de la résistance humaine, ces messieurs au summum du plaisir, extatiques de posséder le pouvoir d'infliger une douleur atroce et des cauchemars à vie à un être entièrement à leur merci.

Peu importe où avait lieu la scène. Hôtel de passe, maison des alentours de Toulouse, cave d'un immeuble. Peu importe qui agissait, torturait ou subissait. Je voudrais ici que l'on comprenne à quel point tout ceci était générique, habituel, banal pour les hommes qui nous manipulaient et nous exploitaient ; et pourtant outrancier, sauvage, barbare pour n'importe qui d'autre, y compris nous, les putes, même si nous préférions faire semblant de croire à la « normalité ».

Se confier les unes aux autres n'était pas chose habituelle, ni facile. Pourquoi se parler des horreurs que nous subissions ? C'était trop déprimant. De toute façon, nous savions toutes que nous ne pouvions pas nous enfuir. Aussi, après quelques jours d'hôpital, nous reprenions le travail, arrangées par quelques points de suture, une prothèse dentaire, une couche de fond de teint, de l'autobronzant, du maquillage partout : de la poudre aux yeux pour pouvoir continuer à travailler sans affoler le passant, sans dégoûter le client.

Je répugne à donner tous ces détails. Mais c'est nécessaire. Non pour exacerber les fantasmes de ces malades, mais pour alerter le lecteur et surtout les lectrices. Car il s'agit là d'un phénomène gravissime, dont je suis persuadée que Toulouse et ses environs n'ont pas l'exclusivité. Chacun est libre de baiser comme il l'entend, dans la mesure où il ne porte pas atteinte à la santé voire à la vie de ses partenaires, fussent-elles « achetées ». Or si ces hommes, avec l'excuse de l'impuissance, se livrent à des extravagances de plus en plus dangereuses, ils deviennent un jour des assassins en puissance. Patrice Alègre est peut-être un serial killer, mais sans doute pas l'auteur des autres « dérapages » qui ont conduit à maquiller des crimes en suicides, ou à faire disparaître des témoins qui en savaient trop. Il est – aussi – l'arbre qui cache la forêt.

Mais cette forêt-là reste une chasse gardée que personne, semble-t-il, n'a le droit de faire visiter. Si vous ne respectez pas la règle, on vous fera passer pour fou (folle ?), menteur ou affabulatrice, à moins qu'on ne vous élimine, purement et simplement.

Alors tout le monde se tait, et les nantis pervers continuent d'évoluer en toute impunité, entachant la réputation des autres personnalités – normales, elles – de leur entourage, de leur milieu, de leur profession, de leur ville.

Les seules sur qui retombe l'opprobre, ce sont les filles, ces prostituées « qui l'ont bien voulu » *(comme si l'on avait le choix une fois prisonnières de pareils réseaux !)* et qui, de toute façon, racontent « n'importe quoi ».

Et vous voudriez que je n'aie pas de cauchemars ?

*
**

Après la scène du parking, Je rentre chez moi comme la loque humaine que je suis devenue. Je ne peux plus me regarder dans la glace, tellement je me fais pitié et horreur à la fois. Comment vivre encore après ça ? Cette fois, quelque chose bouge dans ma tête. Je cherche une issue.

Et si je parlais ? Je passe des nuits à soupeser les risques, à faire semblant de raconter mon histoire à quelqu'un, à penser...

Difficile de se taire

J'avais, en réalité, déjà fait quelques timides tentatives pour parler dans le passé.

La première fois, j'ai tout raconté à une personne de mon entourage, je ne peux pas dire qui dans ce livre. Cette personne doit certainement faire partie du merdier ambiant, car peu de temps après, on m'a envoyée à F, au service du docteur R, en psychiatrie, comme quand j'étais petite. Là, on m'a enfermée, donné des cachetons et on ne m'a laissée sortir qu'une fois que j'ai juré au psy de service que « oui, tout ça c'était mon imagination ! » Si je ne l'avais pas dit, je pense que j'y serais encore.

Plusieurs autres fois, j'ai encore essayé de dire tout ce que j'avais vu. Autour de moi, par exemple – mais c'était le même milieu, les mêmes gens, les mêmes copines –, ou à des éducateurs du foyer, complètement innocents, incapables d'imaginer que de telles histoires pouvaient être vraies...

Qui aurait cru que tout ce beau monde se livrait à ces saloperies ? Si j'avais parlé de citoyens moins haut placés, on m'aurait probablement crue...

(Je suis sûre qu'il y a énormément de gens qui sont au courant aujourd'hui, mais qui se taisent.)

Après la mort de Line et celle de Claudia, nous l'avons vu, je n'en peux plus. Il faut que je me confie vraiment à quelqu'un et je choisis ce qui me paraît le moins dangereux : un psy. En ville, pas à l'hosto. Comment je le trouve ? Je ne me le rappelle pas.

Je prends rendez-vous. Quand je me rends à son cabinet, le psy me fait entrer dans son bureau et je me mets en face de lui, dans un fauteuil. Jusque-là, rien d'anormal. Le médecin est un homme d'une quarantaine d'années, bien de sa personne. Il prend l'air très intéressé quand je commence à lui raconter mon histoire. Mais au fur et à mesure, je le vois qui s'énerve, change sans arrêt de position : il bouge comme s'il était mal assis sur son fauteuil. Moi, je continue à lui sortir tout ce qui vient de m'arriver, toutes les horreurs que j'ai vues, les gens, tout, droit dans les yeux. Ça dure peut-être une heure. Mon psy ne dit mot, mais continue de frétiller.

Et soudain, le voilà qui se lève précipitamment. Je le suis du regard, étonnée, et le vois se diriger en toute hâte vers une porte à la gauche de son bureau. Il saisit la poignée, s'engouffre à toute vitesse à l'intérieur de ce qui me semble être un placard... et s'y enferme ! Je n'ai même pas le temps de m'en rendre compte, il a déjà disparu.

J'entends distinctement un bruit de clé tourner dans la serrure. Je ne l'ai jamais revu. Et pourtant, des psys, j'en avais rencontré à F, j'en connaissais pas mal sur leur compte, mais celui-ci les a tous dépassés !

Peut-être a-t-il pensé que j'étais folle...

Peut-être qu'il n'était pas net ?

Peut-être qu'il allait dans les soirées que je lui décrivais !

*
**

Ma prise de conscience est finalement venue d'un coup, bien après le meurtre de Line. Le temps que mon esprit se calme et se remette en marche. Un matin, dans la foule, place du Capitole.

Pour qui ne connaît pas ce lieu, le voici : une place rectangulaire au cœur de la ville, bordée d'un côté entier par le Capitole – un bâtiment imposant, briques roses et pierres blanches alternées – et sur les trois autres côtés par des maisons du XIXe siècle, toutes hautes de trois grands étages, toutes en briques, toutes à arcades, toutes pareilles. Sous les arcades, des cafés. Une grande place qui peut se remplir de monde à certains moments, les jours de marché par exemple.

Ce devait être un jour comme ça, avec la place noire de monde, parce que je me souviens de m'être fait bousculer.

Je ne suis pas d'un naturel rêveur. Mais là, brusquement, au beau milieu du centre de la Ville rose, je m'arrête. Moi qui suis perpétuellement en mouvement, qui cours tout le temps, je m'immobilise. Et ça me descend là, dans la tête, très profond. Ce n'est pas le « wouhaïlle », non, c'est bien plus fort : tout à coup, je ne comprends plus ce que je fais là, dans cette histoire. Les viols, les meurtres, ma séquestration, tout me saute à la gueule. Peut-être que je n'en peux plus de me faire manipuler comme une marionnette. Peut-être que ce que j'ai vécu récemment s'est accumulé en moi, formant comme une montagne d'immondices. *(Peut-être, surtout, la peur m'a-t-elle enfin fait réagir, la peur sans laquelle je ne serais pas là aujourd'hui.)* Je ne sais pas comment, mais voilà, je réalise que je ne suis pas faite pour ça. Ce n'est pas ma place. Je ne me came pas, je ne bois pas, je ne suis pas du tout sado-maso. *(J'ai connu des filles qui aimaient. Moi, pas.)* Est-ce l'ignominie de ce que j'ai récemment vécu, qui a germé en moi comme une graine ? Est-ce le fait d'avoir pu parler à quelqu'un, même s'il s'est incroyablement défilé ? Tout à coup, c'est là. La vraie révolte, la vraie force de vie, celle qui écrase tout sur son passage et que je connais bien, celle qui présidait autrefois à mes fugues, celle qui me rend insolente et me fait toujours retomber sur mes pattes quand on me croit mourante... Je n'en peux plus de Floy, ou de Vicky [1], mes noms de guerre.

1. Fanny, je le rappelle, est une trouvaille de mon premier avocat, Me Catala.

Je veux me retrouver, être moi-même, combattre ! C'est évident : ou je continue, et je crève ; ou je m'arrête, et je m'en sors. Pourtant, j'ai toujours aussi peur... Mais on dirait que le barrage a lâché.

C'est décidé, je vais redevenir Florence.

XII

Décrochages

Je n'ai rien, je ne suis rien. On me l'a suffisamment fait comprendre. Comment m'en sortir ?

C'est clair, ça ne va pas se faire en un jour, et je m'en doute. En réalité, il me faudra des années de galère avant de pouvoir vraiment décrocher. De 1993 à 1997. Presque quatre ans... C'est l'époque de mes allers-retours, comme je les appelle. Partir de Toulouse, revenir ; travailler pour gagner ma vie en dehors du tapin, retourner à mes anciennes habitudes. Pas facile quand on n'a rien devant soi. Je ne possède, bien sûr, aucune qualification, mes possibilités sont réduites, je sais à peine écrire. J'ai essayé l'apprentissage dans des restaurants, à un moment de mon adolescence tapageuse, mais je ne suis pas restée bien longtemps...

Première chose à faire : informer Monsieur Trois que le temps des enveloppes est fini. Je lui ai déjà parlé d'arrêter, une ou deux fois dans le passé, et il a répondu « Eh bien, essaye ! », d'un ton qui sonnait à la fois comme un défi et comme une menace. À l'époque, je n'ai pas bougé. Mais là c'est différent. Peut-être sent-il ma détermination ? Ou peut-être y a-t-il autre chose qui m'échappe. Toujours est-il qu'il s'accroche, il est en permanence derrière moi. Il envoie mon frère Simon me mettre des beignes, et ce dernier ne se prive pas de me piquer de l'argent au passage, comme d'habitude. *(J'ai récemment retrouvé dans mes affaires une plainte que j'avais déposée contre lui dans un commissariat, mais on l'avait refusée, invoquant je ne sais quel article du code civil... alors on m'avait rendu le papier.)* Pourtant les intimidations ne marchent guère, je ne cède pas.

Alors Monsieur Trois essaye de me convaincre. Un mélange de douceur et de brutalité : entre les corrections de mon frère et le fric qu'il me donne quand même. Il fait des courses et offre des petits cadeaux. Tout ça pour essayer de me récupérer d'une manière ou d'une autre. Et surtout pour acheter mon silence. Il assure aussi un emploi à mon frère, se porte caution pour son appartement. Ces « faveurs » disparaîtront quand il aura vraiment compris que je ne veux pas retourner au tapin. *(Plus tard, il déclarera que je le mettais « à genoux », que j'étais une salope qui l'avait exploité ! Après tout ce qu'il m'a fait ! Et mon frère, son larbin de toujours, confirmera ses dires.)*

Et puis, il y a Robert, un copain qui traîne dans les parages depuis un bon bout de temps. Affirmer que je l'aime est un bien grand mot. D'ailleurs aimer, ou simplement tomber amoureuse, avec tout ce que j'ai vu, entendu, fait, ce n'est pas si facile... Disons que Robert me plaît, puisque je sors avec. Il vit chez ses parents, j'habite ailleurs.

Je suis rapidement enceinte de lui. À la naissance de Mickaël, en 1994, je suis toujours dans mon appartement de la rue Arago, et Robert, dans sa famille. De toute façon, je vais accoucher toute seule. À l'hôpital, ce sera comme toujours : personne n'aura le droit de me toucher. Surtout pas le gynécologue. Ni la sage-femme. Lors de mes accouchements, même scénario : je demande à tout le monde de sortir. *(Sauf à mon mari quelques années plus tard.)* Je reste quoi qu'il en soit avec ma douleur, et surtout, avec mon corps. Je ne supporte pas non plus qu'une seringue m'approche, ce qui exclut les anesthésies de type péridurales ou autres. Surtout depuis que Pat et la Faux se sont fait un plaisir de me menacer avec une seringue dans le cou : je change de visage quand j'en vois une. *(Heureusement que j'avais peur et que je ne bougeais pas, car je préfère ne pas imaginer l'épave droguée que je serais devenue s'ils m'y avaient fait goûter... J'en ai vu tant d'autres à qui c'est arrivé.)*

Une fois mon fils né, je reste donc avec lui dans mon appart', à essayer de nous nourrir et, là, je fais tout ce que je peux. Le tapin de temps en temps, mais plus du tout pour Monsieur Trois. Je fonctionne seulement avec quatre ou cinq habitués. J'essaie des places de barmaid, dans des bars où Pat a travaillé et que je connais, ou encore au Cercle rouge. Mais dans la journée, jamais la nuit. Ce sont les seules choses que je sais faire. Toutefois, cela reste toujours du provisoire.

De cette période, je me rappelle les purées à l'eau pour le petit et moi. J'ai aussi le souvenir de mon seul vol réel, celui d'un paquet de gâteaux, dans un supermarché en centre ville. Des cookies à la con. Arrivée au bout de la rue, je me sens merdeuse. Je retourne sur mes pas. J'explique tout au vigile, qui fait venir un responsable. Celui-ci me demande :

– Mais pourquoi avez-vous volé ?

– Pour nourrir mon gosse, j'ai pas assez.

– Allez, gardez-le, et ne recommencez plus !

– Merci !

Ce soir-là, je me suis dit qu'il n'y avait pas que des pourris sur terre...

La cave

Et la Faux, pendant ce temps, qu'est-ce qu'il devient ? Il me poursuit, lui aussi. Pourquoi ? Mais parce que je lui rapportais mille cinq cents balles par semaine, et qu'en plus, il est accro au cul ! Pas à moi spécialement, toutes les filles sont logées à la même enseigne. Mais il a le vice, c'est sûr. De toute façon, avec le fichier, la fouille, on vous embarquait et vous y passiez... C'était normal...

Notre appart', à Mickaël et à moi, est situé au rez-de-chaussée d'un petit immeuble de deux étages dans la rue B, derrière la gare Matabiau. Il est géré par mon ancien foyer. J'ai trois fenêtres sur la rue, et elles ne sont pas protégées. Le reste donne sur une minuscule cour intérieure, haute de six mètres, large de trois mètres sur trois, sans vue.

J'habite dans une petite chambre attenante à une pièce à vivre, pas bien grande non plus. Plus une cuisine et une salle d'eau. Dans la cuisine, une trappe ouvre sur la cave. On y descend par un escalier en bois. La cave elle-même est en pierre. Tout ça pour que vous compreniez la scène qui va suivre.

Les flics, je ne sais pas comment ils entrent, mais ils entrent. Je les retrouve dans la pièce principale comme les envahisseurs dans les cauchemars. Ils sont là, et quand ils sont là, il n'y a rien à faire. C'est la Faux, avec ses deux éternels abrutis.

– Allez, tu descends dans la cave !

– Mais j'ai mon gosse !

– On s'en fout !

– Non, je ne veux pas y aller, pas avec le gamin ici !

– Tu descends tout de suite, sinon, on te démolit tout, toi et le gosse avec !

Quand ça fait trop mal, je crie. La matraque, les menottes, l'échelle, sont les instruments incontournables de ce viol dans ma cave. Je ne vais pas vous redire l'anéantissement, et toujours cette honte, d'autant plus forte que je ne suis plus dans l'ambiance glauque des nuits de la Ville noire. Je m'en crois sortie, j'ai désormais les repères d'une vie « normale » *(c'est du moins ce que je pense)*, et mon enfant est là, à quelques mètres. Lui, il est pur. C'est comme s'il était aussi souillé.

Quand ils se décident à partir, j'entends :

– Avertissement ! Si tu parles, avec gosse ou sans gosse, ça ne nous arrêtera pas !

La Faux, je l'ai haï pendant le viol et après, quand je suis montée, toute cassée et que j'ai regardé mon petit Mickaël, mon bébé de six mois. La douleur que j'ai eue ce jour-là, je ne la souhaite à personne, parce que ce n'est pas seulement physique, c'est surtout moral. Et je crois que je n'ai jamais réussi à évacuer tout ce que j'avais envie de gueuler ce soir-là... Une fois la colère et la rage épuisées par les cris, il reste juste la souffrance, l'injustice et le sentiment de tomber dans un abîme sans fond, celui de l'angoisse où plus rien n'existe. Plus de mal, plus de bien. De quel côté sont-ils de toute façon ? À qui faire confiance ? Comment pourrai-je un jour aimer un homme ?

La Faux a oublié la matraque et les menottes dans la cave. Ces objets y sont restés longtemps, ainsi que ma panoplie de travail, des trucs en cuir que je mettais là. Puis la cave a été rénovée et je n'ai plus jamais entendu parler de ces choses. Peut-être la Faux et mon frère ont-ils nettoyé l'appart' quand je suis partie ?...

Robert

J'emménage avec lui quand je suis enceinte de notre deuxième enfant, et encore, à la fin de ma grossesse. En 1995 naît José.

Robert, c'est les copains d'abord, la bringue d'abord et sa mère d'abord. Les enfants et moi, ça passe bien après. Moi, je continue à faire un peu le tapin avec mes habitués, pour nourrir les gosses. Lui paye sa part du loyer. Ça ne va pas durer longtemps...

Un matin, on se dispute, et je chope le « wouhaïlle ». Je ne sais plus pourquoi. Et quand j'ai le « wouhaïlle », je fais un grand ménage, je retourne tous les tiroirs, les meubles, ça m'aide à me calmer. Donc, je déménage toute la maison et j'arrive à la chambre des enfants, puis au lit à barreaux de Mickaël. Cela fait déjà quelques mois que nous habitons ici et je n'ai jamais retourné ce matelas. Je « tape » le lit, comme on dit. Ce jour-là, je le défais complètement, et en soulevant le matelas, je vois, coincé entre le sommier et les barreaux, un sac de plastique transparent avec tout plein de petits sachets contenant une poudre blanche !

Et là je flippe comme une malade, José est bébé, et Mickaël à peine plus grand. J'ai des flashes qui me viennent : José se penche, trouve la poudre et s'en met plein la gueule. Ou Robert est défoncé, moi je suis partie faire des courses et il en donne à Mickaël. Pendant trois heures, tout un cinéma se déroule, je me sens de plus en plus énervée, paniquée, je pense au pire. À la trahison de cet homme, aussi. Depuis combien de temps se livre-t-il à ce trafic ? Alors je prends des sacs-poubelle, je mets toutes ses affaires dedans et je passe tout par la fenêtre.

Lorsqu'il rentre à la maison, je traite Robert de tous les noms. Puis j'attrape sa merde de came, la pulvérise dans les toilettes, tire la chasse et lui dis que la prochaine fois que je le prends avec ce genre de connerie, je la lui fais bouffer jusqu'à ce qu'il en crève !

Le dernier sac à peine balancé par la fenêtre, je me retourne, Robert a disparu ! Les sacs-poubelle resteront en bas pendant longtemps, jusqu'à ce que son propre père vienne les chercher.

Je n'ai jamais touché à la came, et ce n'est pas faute d'en avoir croisé autour de moi. Mais je m'en suis toujours méfiée, comme de quelque chose qui entre dans le cerveau et bousille tout, et ça, pour moi, c'est impossible. J'ai vu trop de filles détruites, de mecs qui y ont laissé leur peau, ou d'autres qui se rendaient coupables des pires horreurs parce qu'ils étaient – entre autres – sous l'emprise de ces saloperies. Cela explique que lorsque j'ai retiré le paquet de dessous le matelas de mon fils, j'ai vu rouge.

Plus tard, je n'arriverai pas à me mettre d'accord avec Robert. Impossible ! Je n'ai aucun moyen de communiquer avec lui et nous nous accrochons sans cesse. Notre bagarre devient bientôt officielle et la DDASS s'en mêle. Et comme nous n'arrivons pas à nous entendre, on m'enlève mes fils et on les place.

Je ne voulais absolument pas qu'il touche à mes fils. On me les a arrachés, encore une fois, alors que je m'étais juré que plus jamais... j'avais trop souffert pour mon premier garçon. Cette nouvelle scène, je préfère aussi l'oublier. Ils ont fait pareil qu'avec leur demi-frère, ils ne m'ont pas permis de partir avec mes gamins, de vivre avec eux.

Je suis allée les voir de la même manière, une fois par semaine, dans une pièce, pendant plus d'un an, au Foyer de l'enfance. Deux heures durant, nous pouvions nous parler, nous toucher, et quand venait l'heure de partir, les petits se tapaient la tête contre les murs et ça saignait. Moi je partais le cœur brisé, encore et encore, chaque semaine. Mais mon premier fils m'avait servi de leçon : ceux-là, je me suis dit que jamais je ne les lâcherai. De toute façon, il valait encore mieux ça que de les confier à un père qui les aurait mis en danger. Pas question que ça arrive à mes petits.

Quant à Robert, j'ai exigé il y a quelques années un désaveu de paternité, qu'il m'a accordé, car je l'ai soigneusement tenu à l'écart des gamins. Aujourd'hui, si je demande à ces deux enfants de dire qui est leur papa, ils répondent spontanément « C'est Christian », mon mari. Mais ils savent qu'il y a très longtemps, ils ont eu un autre père.

*
**

Des petits boulots dans des troquets, dans un salon de coiffure ou dans un restaurant, pas plus de trois mois à chaque fois... J'essaye de me « réinsérer » comme on dit[1]. La peur au ventre et le regard tourné vers le rétroviseur, au cas où une attaque se préparerait derrière mon dos. Les mille et un incidents de parcours de ce sauvetage, de cette récupération de moi-même sont trop nombreux et parfois trop insignifiants pour les consigner ici. Mais il a fallu tant de force, de détermination et de rage pour parvenir à maintenir la tête hors de l'eau *(d'un côté les truands, de l'autre la misère)*, que je m'étonne moi-même d'y être parvenue. Un travail de Titan que peu de filles, à l'époque, ont tenté.

1. Je suis toujours choquée de voir qu'il n'existe aucune aide financière pour les prostituées qui leur permette de se réinsérer (à part dénoncer leur mac et risquer de se faire buter)... Aucune protection face aux dangers de ce métier pourtant taxé par les impôts.

Mais elles n'avaient peut-être pas, près d'elles, un petit être à protéger, à chérir, à nourrir. Quelqu'un d'autre à serrer sur leur cœur.

Et puis, la chance, enfin. J'ai toujours aimé travailler dans les bars. C'est comme ça que j'ai atterri chez Caroline. Bien m'en a pris.

XIII

Christian

Si vous étiez conducteur de poids lourds du côté de Toulouse, vous connaîtriez « Chez Caroline ». Mais vous ne vous y arrêteriez peut-être plus, même si c'était auparavant dans vos habitudes, parce qu'un certain soir, des manouches y ont débarqué. À qui en voulaient-ils ? L'histoire ne le dit pas. Toujours est-il qu'au lieu de passer par la porte comme tout le monde, ils ont préféré canarder une fenêtre, avec un fusil à canon scié. Seulement ils ont mal visé, et c'est un routier innocent, en train d'avaler tranquillement le délicieux beefsteak cuisiné par Caroline, qui a écopé à la place d'on ne sait qui. Il en est mort. Le troquet porte encore les traces du combat qui a suivi : mon copain F a tiré son flingue et a plus ou moins chassé les manouches, se posant en défenseur des lieux. Sur le chambranle de la porte qui mène au téléphone, on peut voir les impacts de ses balles. La fenêtre par qui le malheur est arrivé a été murée. La réputation de « Chez Caroline » s'en est trouvée salie.

Moi, Caroline, je l'ai connue par une copine strip-teaseuse. Et j'ai tout de suite accroché avec elle. Une vingtaine d'années de plus que moi, mariée à un type qui fait des affaires et porte avec embonpoint une grosse gourmette en or au poignet droit et une énorme montre du même métal au poignet gauche. Caroline, une femme d'origine maghrébine, dont les cheveux sont teints en blond, avec un mélange de henné. Contre toute attente, ça lui va bien. Elle est plutôt jolie et dégage une impression de propreté, de féminité. Elle a l'oreille pour écouter, aussi, et elle n'est pas avare de ses conseils avec moi. J'ai l'impression d'être un peu sa fille.

Chez Caroline, si vous venez, il vous faudra sortir de Toulouse, vous diriger vers la route de Paris, dépasser la gare routière et le parking où dorment une centaine de camions, et vous arrêter en bordure de nationale. Il y a très longtemps, le propriétaire était certainement espagnol, car la salle de restaurant est entièrement recouverte de fresques de corrida, flamenco et paysages du Sud.

Une fois la porte vitrée de l'entrée franchie, vous vous retrouvez dans un bar comme il en existe tant : long zinc, quelques tables, prédominance de marron et de chrome, plante verte défaillante et odeurs de tabac imprégnées dans la moindre molécule. En jetant un coup d'œil vers la gauche, vous apercevez une salle de restaurant, grande, décrite plus haut pour ce qui est des murs, et pour ce qui est des tables, il y en a une dizaine. Mais des tables de douze. Si vous êtes moins, vous partagerez la place.

Une fois par semaine, il y a strip-tease. *(Si une femme s'aventurait ici ce jour-là, elle serait peut-être la seule de l'assemblée.)* Pendant qu'une bonne cinquantaine de gaillards costauds se font servir une bouffe saine et abondante, pendant qu'ils mastiquent l'entrée et avalent le quart de rouge compris dans le menu, les lumières s'éteignent. Une « écolière » en « uniforme » s'avance dans la salle dégagée en son milieu, dont on va dire que c'est la scène. La musique, bien sûr, l'accompagne. Elle marche de façon sexy, provocante. Le jeu, comme d'habitude, consiste à enlever un à un les éléments qui la vêtent : la cravate de l'uniforme, la blouse *(elle la jette à l'un des conducteurs, un peu embarrassé)*, le soutien-gorge *(qu'elle fait dégrafer par un autre routier)*. Elle a fait refaire sa poitrine et le résultat en vaut la peine.

La strip-teaseuse, ma copine Mala, avance vers l'un de ces messieurs, s'assied sur le coin de sa table et se caresse les seins. L'homme n'y résiste pas et se permet de l'effleurer. Puis Mala se penche jusqu'au sol, révèle son très léger string et recommence son manège, allant de table en table.

Elle regagne le milieu de la salle, enlève le string, lui aussi lancé à un homme qui fait semblant de le sentir, pour rire. Enfin elle s'allonge par terre sur le semblant de podium et se contorsionne, comme prise de désir. Les routiers se pourlèchent, certains se tordent le cou pour mieux voir, les steaks refroidissent dans les assiettes, et bientôt la lumière se rallume, brutal retour à la réalité car la pièce est éclairée par des néons. Alors Mala salue d'un air très pro, clame un « merci » bien senti, et regagne les cuisines, où elle attend le prochain show, quand les lumières se feront douces à nouveau et qu'elle apparaîtra – plusieurs fois dans la soirée – déguisée, par exemple, en infirmière.

Ce que j'apprécie dans son spectacle, c'est qu'il n'est jamais vulgaire. Mala, c'est une vraie professionnelle. On voit qu'elle aime son métier, et les spectateurs le lui rendent bien, par leur respect, leur gentillesse et leur sens de l'humour. Une atmosphère bon enfant, sans aucun geste déplacé.

Si vous voulez continuer la visite, vous pouvez vous diriger vers les cuisines, cela vous mettra déjà sur le chemin d'une autre salle, petite et sombre...

Des lumières tamisées, une piste de danse. La musique glapit ses notes, et le bar égrène ses verres, sur fond de miroir. Au tabouret, accoudée au zinc, une femme est assise et attend le client en fumant une cigarette. C'est moi en 1997.

Je suis habillée de noir, comme souvent. Un pantalon près du corps, un haut moulant, une ceinture en cuir cloutée, des bracelets idem.

Attention, il ne s'agit pas de tapiner, mais plutôt d'entraîner le routier à boire un peu plus qu'il n'en avait l'intention. Sur chaque consommation, je touche un petit pourcentage.

Au bar, les clients viennent prendre un verre, discuter avec les filles. C'est correct. Je suis entraîneuse. C'est tant la bouteille. Au verre, je ne bois que du jus de pomme pétillant que je fais passer pour du champagne auprès des hommes. Si l'on débouche une bouteille, j'ai une plante derrière ma table : c'est elle qui boit à ma place.

Parfois, je ne viens pas ici pour travailler, mais en tant que cliente, et là, je m'autorise un peu d'alcool. Je m'assieds, je paye mon verre et je papote. Un endroit sympa où je me plais. Je m'entends bien avec Caroline. Elle me dit souvent que je ne suis pas « finie » pour la bonne raison qu'elle me voit payer des verres, de temps en temps, à mes clients ! Je n'ai jamais couché avec personne là-bas. *(À cette époque, j'ai déjà décroché. Pour vivre, j'ai ce boulot et mes allocations de jeune maman.)*

Si je vous ai montré cet endroit, c'est que l'homme qui va faire basculer ma vie, Christian, va y faire son entrée dans un instant.

Christian

Son point de vue : « Ce soir-là je suis avec un pote routier, et il me traîne chez Caroline. C'est la première fois. On se dit qu'on va boire des coups, mais en fait, il va m'arriver autre chose. Je gare ma bécane sur le trottoir en face du bar, et pendant que j'enlève mon casque, je vois une super fille qui se dépêche. Elle pousse la porte du bar et disparaît à l'intérieur. Tout de suite, je la remarque, à cause de son allure vraiment canon. Je me dis qu'elle doit être en retard, ça me traverse juste l'esprit comme ça. Puis, mon copain et moi, nous entrons à notre tour. » Et il ajoute : « J'ai vraiment flashé sur elle ! Je devais remonter sur Lyon et je suis resté à Toulouse... avec Florence. »

Mon point de vue : « À peine arrivée chez Caroline, je fais mon train-train habituel. Je pose mon sac derrière la plante verte, et je commence à servir un verre à un type qui est là. Je ne fais pas attention quand deux autres mecs arrivent. Sauf que j'ai repéré la moto de l'un d'entre eux, mais je ne sais pas lequel. Les types commencent à me parler. L'ambiance est bonne. Je les sers. Je rigole un peu, on échange quelques phrases et tout à coup, le type en face de moi, que je trouve plutôt mignon, me lance :

– Ça te plaît, ton boulot, ici ?

– Pas plus que ça, mais c'est sympa !

– T'as rien à foutre là ! On se tire sur ma bécane ?

(Moi qui ai toujours aimé les motos, j'ai flashé sur la sienne quand je l'ai vu arriver. Alors c'est lui, le propriétaire de la bécane ? Pas mal, le mec ! La moto et moi ça a toujours été une histoire d'amour.)

Donc, il me dit ça et je sens qu'il a une sorte de coup de foudre, je vois son œil briller et j'ai vraiment envie de le suivre.

Je ne connais rien de lui, je ne devine surtout pas qu'il est le futur père de nos enfants. Tout ce que je sais, c'est qu'il me propose de me tirer d'ici et que, de tout mon instinct, je veux le suivre.

Je lui réponds, un sourire de défi aux lèvres :

– On se casse !

Il me passe un casque. On sort de chez Caroline, on monte sur sa moto. Il démarre. À moi la liberté ! *(Et cette fois-ci, il n'y a aucun gardien et aucun flic pour me rattraper et me boucler !)*

Quelques heures plus tard, nos bouches se rejoignent.

Pendant un mois, nous partirons seuls sur les routes, comme des aventuriers chevauchant la belle Virago Yamaha de Christian. Je ne reviendrai plus jamais travailler chez Caroline.

(Caroline, je l'ai revue parfois, quand j'avais le « wouhaïlle » et que j'avais besoin de passer un moment sympa. Mais depuis un an et demi, je vais me promener dans ma campagne au lieu d'aller chez elle, c'est ça qui me fait du bien. Depuis qu'on a balancé dans les journaux que j'étais droguée, je ne prends même plus un apéritif tellement ça m'a foutue mal.)

Peu de temps après notre rencontre *(le 6 mai 1997, Christian a gravé la date dans sa mémoire)*, mon nouveau compagnon me parle d'adopter mes deux premiers enfants, qui sont toujours dans le foyer de la DDASS. Très vite, il les a aimés, est venu les voir dès que son emploi du temps le permettait.

Deux mois plus tard, nous vivons ensemble. C'est le début de deux ans de voyages, où j'accompagne Christian dans beaucoup de ses tournées, où j'apprends à vivre avec lui.

... Jusqu'à ce que nous puissions faire revenir les garçons à la maison et décidions de créer notre famille. Là, je commence à me sentir vraiment bien : les enfants sont avec moi, un nouveau-né, Tristan, est venu cimenter notre couple. J'ai l'impression, auprès de cet homme généreux, simple, solide, gentil, de trouver enfin les racines qui me manquent. Je me prends d'affection pour sa mère, j'ai une très bonne relation avec elle.

Ce n'est qu'à partir de cette rencontre que tout le monde arrête de me casser les pieds. Les gens comprennent enfin que je suis « rangée ». Christian apprend à connaître mon frère, son agressivité, ses menus larcins et autres cambriolages – fréquents – de mon appartement. Un jour, après que Simon a menacé mes enfants pour que je lui passe de l'argent, Christian s'est mis en colère et lui a fait peur. Depuis, Simon se tient à carreau.

Christian, c'est tout pour ses petits. Il a toujours été comme ça. Un mec comme lui, vous n'en trouverez pas deux. Même si je lui remets parfois la faute dessus, si je lui prends la gueule ou autres, il reste toujours avec moi et il est toujours un bon père ; et quand je vois les copines avec leur copain, ou des types dans la rue, je me dis : de quoi tu te plains... Les mecs, ils ne pensent qu'à leur tronche.

Il n'y a aucune chance que je rencontre un jour un autre Christian dans ma vie.

Quand on me demande si je crois à son amour, je n'en doute pas une seconde.

*
**

Pendant toute cette période, de 1997 à 2003, je déménage sans arrêt. Christian doit bien se douter de quelque chose, mais n'en parle pas. J'ai tellement peur que le passé me rattrape que nous bougeons sans cesse. À chaque fois, j'essaie d'inventer des prétextes pour « habiller » ma peur : j'ai trouvé quelque chose de mieux... En réalité, je ne fais pas que fuir, je brouille les pistes. Pour ne pas qu'*ils* me retrouvent.

Pourtant ce ne seront pas *eux*, mais les flics, qui me débusqueront.

Je m'aperçois que la police est sur mes traces fin 2002. À cette époque, nous habitons Lyon, près des parents de Christian. Je suis enceinte de Morgane. *(Si nous étions partis à Lyon plus tôt et que nous nous soyons mariés avant, ils ne m'auraient probablement pas retrouvée.)*

Un matin je reçois un coup de fil qui se termine par :

– Nous allons vous laisser accoucher et nous nous reparlerons aussitôt après.

Je tremble de tous mes membres. Je viens de faire la connaissance, par téléphone, de l'adjudant-chef

Michel Roussel. Je ne le sais pas encore, mais j'ai mis le pied dans un nouvel engrenage.

Lorsque j'ai rencontré Christian, je ne lui ai pas tout raconté, loin de là. Je ne lui ai pas totalement caché mon passé, mais je n'ai rien « dit » non plus. Lui, il m'a prise comme ça, telle quelle, sans me poser de questions. Je pense que s'il avait tout su, au début de la relation, il ne serait pas resté. Je lui ai raconté que j'avais travaillé comme entraîneuse et que j'avais fait quelques passes. C'est tout. Là où j'ai eu tort, c'est de ne pas avoir eu le courage de lui avouer ma vie d'autrefois quand, plus tard, il m'a mieux connue et appréciée. Parce que cela a détruit beaucoup de choses entre nous, qu'il apprenne une grande partie de ma vie par les gendarmes et la presse...

SECONDE PARTIE

L'ESPOIR BAFOUÉ

I

Soudain, l'hiver 2002...

Rapidement, nous avons trouvé un logement HLM sur Toulouse : trois chambres et un double living, dans un groupe d'immeubles roses, pas plus de quatre étages, petite terrasse... Même si notre habitation est près de la départementale, je m'y sens bien. Heureusement, parce que cela ne me disait rien de partir de Lyon et sans ce coup de fil des flics, nous y serions restés.

Mais les habitudes d'enfance sont tenaces : l'appel téléphonique de la cellule Homicide 31 a réveillé mes vieux démons de fuite. À peine avais-je raccroché que je réfléchissais à un moyen de m'échapper. D'où cette arrivée précipitée à Balma. Pendant un petit mois, je nourris l'espoir stupide – la suite me le prouvera – d'être à nouveau perdue de vue par ceux qui sont à ma poursuite. *(Je n'ai vraiment pas envie qu'ils me prennent la tête.)* Mais je suis très vite retrouvée. Les allocations familiales ? L'école des enfants ? Mystère. Pas si facile que ça de disparaître !

Je viens de mettre au monde une petite Morgane, enfin une fille ! D'habitude, mes accouchements ne se passent pas de manière classique, puisque je ne supporte personne autour de moi. Mais là, je deviens une vraie femme : je souffre et le dis à Christian, le faisant participer à tout ce que je ressens, à tel point qu'il ne sait plus où il en est. Je lui demande tantôt de partir, tantôt de revenir, tantôt je lui rappelle que c'est à cause de lui si j'ai si mal, tantôt je l'assure de mon amour... Une chose est sûre : avant lui, j'ignorais ce que le mot « aimer » voulait dire. Grâce à lui, j'ai appris.

Nous voilà donc tous les six dans un lieu aussi idéal que possible. La petite ville de Balma est juste dans la banlieue ouest de Toulouse. Un environnement agréable avec un centre commercial accueillant et les écoles pas trop loin de la maison. Je suis à fond dans ma vie de famille : j'ai fait tellement d'efforts pour oublier mon passé qu'il ne me persécute presque plus, à part dans certains cauchemars. J'ai le sentiment de construire un peu plus chaque jour, même si c'est parfois difficile.

Christian, en tant que routier, est souvent parti, me laissant seule avec les quatre petits. Même s'il essaie d'être le plus présent possible, je me sens souvent isolée dans mon rôle de mère. *(J'aurais donné n'importe quoi pour avoir une mère qui puisse me servir d'exemple.)* En particulier parce que Christian se met à conduire des convois exceptionnels : ceux-ci ont souvent lieu pendant que tout le monde dort, pour plus de commodité[1]. Ils empruntent des itinéraires très spéciaux, car on ne peut pas circuler avec d'énormes camions, longs parfois de trente mètres, sur toutes les routes. Une nuit entière pour effectuer cent kilomètres, ça arrive fréquemment ! Et pendant ce temps, il n'est pas à la maison pour m'épauler...

Pourtant je m'installe tant bien que mal dans cet appartement, encore persuadée de *les* avoir semés. Jusqu'à ce qu'*ils* débarquent chez moi un matin. Ils sont trois, appartiennent à la cellule Homicide 31, et leur chef est un certain Michel Roussel.

– Connaissez-vous Patrice Alègre ?

– Non !

– Vous êtes sûre ?

– Je vous assure !

– Allons... Nous avons là tout un dossier et nous savons que vous l'avez fréquenté. Voulez-vous que nous le regardions ensemble ?

Ma fuite en avant est terminée. Je comprends qu'ils en savent beaucoup sur moi et sur ma relation avec Patrice Alègre, il y a maintenant de nombreuses années... Il faut me rendre à l'évidence, je ne vais pas pouvoir leur échapper plus longtemps.

(Quand Patrice a été arrêté, le 5 septembre 1997, je l'ai su par la télévision. Ce jour-là, je me suis dit que c'était vraiment une bonne chose, qu'il soit

---

1. Les convois exceptionnels transportent par exemple des morceaux entiers d'avions, de ponts ou de tunnels.

dedans plutôt que dehors, à assassiner. Par moments, je pense que ce n'est pas juste, il ne devrait pas être si peinard, car en prison, on est pris en charge, on bouffe, on dort, tout ça gratos.)

À partir de ce moment et pendant les cinq mois qui vont suivre nous allons jouer au chat et à la souris, ce Michel Roussel et moi. Qu'est-ce qui me fait résister encore ? Tout d'abord, la nécessité de rester en vie. *(J'ai vu tellement de gens « finir dans le canal » comme on disait à l'époque... tellement d'accidents...)* Ensuite, le désir de ne pas remettre en cause ma famille, la seule source de stabilité que j'aie eue dans ma vie. Conséquences de ces deux priorités : en dire le moins possible, en finir le plus vite possible.

Mais au lieu de m'en tenir à ce sage programme, qui m'aurait évité bien des emmerdes, je me mets à écouter Michel. Il faut dire qu'il ne se gêne pas pour m'appeler ou venir me voir. Une fois, puis deux, puis trois fois par semaine. Il n'hésite pas à élever le ton quand il faut, à me faire peur en me parlant de ce que je risque, à me mettre la pression. Mais bon, c'est son métier...

La première fois que je suis convoquée, je me souviens bien de ma réaction. Cela se passe à la cellule Homicide 31, trois pièces mal agencées dans un appartement d'habitation, à Toulouse. À la question qu'ils me posent sur le meurtre de Line, je réponds :

– Allez vous faire foutre ! Il y a treize ans, quand on a voulu parler, il n'y avait jamais personne pour nous entendre !

(Il m'est souvent arrivé de penser, depuis, que si toutes les filles s'étaient révoltées, à ce moment-là, les « saigneurs » seraient au gnouf depuis longtemps...)

Je ne parlerai vraiment que fin mars 2003, mais en attendant, Michel Roussel s'immisce dans ma vie. Au début, on discute plus qu'autre chose. Il s'aperçoit alors que je sais des trucs que je ne veux pas dire : il ne me lâche plus, gagne petit à petit ma confiance, papote avec les enfants, m'aide une ou deux fois. *(Il l'écrit dans son livre et je déteste ce passage : il donne l'impression que nous sommes des pauvres parce qu'il nous procure des colis de la Croix-Rouge. On n'a peut-être pas beaucoup d'argent, mais ça n'est pas une raison pour nous mettre minables comme il l'a fait...)*

Cela dit, ce sont ses méthodes à lui et même si les gens n'ont pas été d'accord avec sa façon de faire, cela a donné des résultats. La preuve, c'est que peu à peu, je vais craquer. Et même dépasser la limite que je m'étais fixée. Encore une fois, je pensais que cette histoire me prendrait tout au plus deux mois et j'y suis toujours ! *(J'avais dit à Roussel qu'il ne fallait pas que je parle. Qu'il ne savait pas où il mettait les pieds. Il m'a répondu : « Moi, je ne juge pas, j'écris. Je suis comme un ordinateur, quoi que tu dises, je l'enregistre et je l'apporte directement au juge. »)*

Au départ, je ne devais m'occuper que du meurtre de Line. C'est tout. Seulement, plus j'ai déballé, plus Michel Roussel, avec son logiciel ANACRIME, a rapproché tous ces éléments d'autres affaires. Il en est venu à me faire raconter de tout petits détails. Plus ça allait, plus ça durait. *(Aujourd'hui, je me dis : « Mais c'est de l'infini, ça... Combien de vies vont devoir s'arrêter pour résoudre leurs énigmes ? Et encore, s'ils vont jusqu'au bout... »)*

Ces « révélations » ont eu un impact très important sur ma vie de famille et de couple : Christian n'a pas compris que je lui aie caché tout ça, et nous avons commencé à nous disputer.

La seule fois où Christian avait eu connaissance de quelque chose quant à mon passé, c'était il y a longtemps, quand mon frère Simon avait cafté pour mon premier fils :

– T'es pas au courant qu'elle a déjà eu un gamin ?

Christian m'avait alors demandé :

– Pourquoi ne me l'as-tu pas dit ?

J'avais répondu :

– Je ne t'en ai pas parlé parce que c'est sans commentaire. Le jour où j'ai envie de te le raconter, je le ferai. C'est ma vie, ça ne regarde personne.

Et il n'avait pas insisté.

Mais là, tout ce déballage, toutes ces horreurs : comment cet homme si droit n'aurait-il pas été déçu, meurtri ? Pour les enfants, cela n'a pas été une partie de plaisir non plus : du jour au lendemain, ils m'ont moins vue et je suis devenue une vraie boule de nerfs. Pas seulement parce qu'on mettait au jour mon passé pourri, mais parce que les menaces, les pressions ont recommencé. J'en parlerai au chapitre suivant.

*
**

Je me suis rendu compte, au fur et à mesure, que Michel Roussel ne reculerait devant rien pour atteindre son objectif : dévoiler toute l'Affaire Alègre et ce qui s'y rapporterait.

Pour nous faire parler, moi et quatre ou cinq de mes « collègues » de l'époque, il n'hésite pas à nous mettre en garde à vue, le 11 février 2003, dans des bureaux de fortune à Blagnac. On vient nous chercher tôt le matin. Nous restons des heures, chacune dans une pièce séparée, à écouter les questions et tenter d'y répondre. Avec moi, les gendarmes de la cellule sont très corrects, même si je ne leur dis pas grand-chose. En revanche, une des filles craque parce que les interrogatoires et les conditions dans lesquelles ils se déroulent la confrontent de manière trop évidente avec son passé...

Plus tard, Michel Roussel n'hésitera pas non plus à jouer de ma culpabilité et de mon côté « chevalier qui a envie d'aider les autres », mais aussi à s'impliquer pour nous prouver son soutien. Une main de fer dans un gant de velours. Je l'entendrai toujours nous dire :

– Avec vous *(les autres filles et moi)*, j'irai jusqu'au bout ! *(Quelle claque, quand il a démissionné...)*

Au départ, il a voulu faire sortir de l'ombre des dizaines de cas de meurtres non élucidés ou classés « suicides », afin de voir si l'on pouvait les relier aux crimes d'Alègre. Pour certains c'était possible, pour d'autres pas. Il a fait un travail formidable. Mais lorsque l'affaire a débouché sur des mises en cause plus graves, plus politiques, il s'est heurté aux pressions de sa hiérarchie et à la jalousie, peut-être, de certains collègues.

Pour ma part, dès le début, je n'ai pas manqué de vivre des moments très difficiles. La différence entre lui et moi, dans cette histoire ? Les pressions à mon encontre mettront en danger ma vie et celle de ma famille. Michel, lui, a-t-il risqué autre chose qu'une mise à la retraite anticipée [1] ?

1. On peut cependant se souvenir du gendarme Joubert et de son « suicide » lors de l'affaire des disparues de l'Yonne.

II

Les pressions de Balma

L'enfer s'installe à nouveau dans ma vie.

Durant ces dernières années, surtout depuis que Christian est avec moi, les « rappels » *(ces coups de fils charmants et brefs, avec un joli grésillement ou une respiration saccadée en guise de réponse, ou cette impression tenace d'être suivie partout où je vais)* se sont faits plus discrets, jusqu'à disparaître pendant l'année où nous étions à Lyon, avant le fameux coup de fil de la cellule Homicide 31. *Ils* se sont certainement dit que j'étais définitivement hors circuit, hors paysage et que je ne parlerais pas.

Mais dès que les flics on débarqué, ça a recommencé. Appels téléphoniques bizarres, voitures peuplées de passagers balèzes qui rôdent à la sortie de l'école de mes fils, je m'aperçois rapidement que la Faux ne m'a pas oubliée.

Un jour, je sors faire des courses. Les magasins ne sont pas loin, j'y vais à pied. Je longe la route d'un pas rapide, et je n'ai que le temps de faire un bond en arrière : une voiture me fonce dessus. Des spécialistes du calcul ! Une seconde de plus et j'y passais... Tremblante de peur, je rentre chez moi pour ne plus ressortir de la journée, terrée. Un avertissement qu'il est difficile de prouver, même s'il est bien réel. Plusieurs fois, le même scénario se reproduit, avec une moto désormais. Ou encore, des hommes me bousculent quand je rentre dans ma résidence et partent en courant. Je commence à avoir très peur. J'ai l'habitude, me direz-vous, sauf que maintenant, j'ai toute une famille avec moi. Je me refuse à leur faire porter ça. Pourtant je me rends compte que je n'ai plus le choix...

Un événement familial, programmé depuis longtemps, a lieu le 1er février 2003 : nous nous marions, Christian et moi, à la mairie de Toulouse. Sa famille est présente[1] pour l'occasion, les enfants sont là, j'ai une belle robe blanche et Christian un costume gris. Normalement, nous devrions crouler sous le bonheur : cela fait si longtemps que nous souhaitons nous unir... Mais les circonstances se prêtent mal aux réjouissances, je suis tendue, inquiète.

Une dispute éclate au beau milieu du restaurant que nous avions réservé pour la fête. Certains invités décident de partir. Nous annulons tout immédiatement et nous nous retrouvons à la maison, en petit comité, en train de sabler le cham-

1. Je n'invite pas ma famille à moi.

pagne, quand même. Mais l'ambiance n'est vraiment pas au beau fixe, rien à faire...

Je me sens très déçue de cette fête ratée. J'ai l'impression qu'un voile noir s'abat sur tous mes projets et m'empêche, ainsi que mes proches, de voir la lumière.

La Faux est de retour

Fin mars, je commence à parler. Qui me décide ? Michel Roussel : pour Line, pour le passé, pour l'avenir. Je plonge, tant pis...

Patricia a commencé à tout raconter fin janvier, je l'ai revue en février. *(Je la connais comme je connais à peu près toutes les filles qui étaient dans le sillage d'Alègre, même si je n'ai pas envie de les installer dans mon récit, pour leur propre intérêt.)* Je suis de plus en plus convaincue que la vérité a une chance, même minime, de sortir. *(Je ne suis pas aussi lassée qu'aujourd'hui.)* Je dois affronter, d'une manière ou d'une autre, ce passé sordide, même si je sens que cela ne va pas être une partie de plaisir. Je me souviens de Michel, un dimanche à la maison, nous expliquant à Christian et à moi que cela ne durerait pas plus de six mois...

Quelqu'un doit savoir que je vais tout balancer parmi ceux qui sont concernés, car *ils* décident de me mettre une dose supplémentaire de pression. *(Ou est-ce le fait d'un seul homme, la Faux, qui se sent menacé par des infos reçues, peut-être, de sources internes à la police ?)*

Un soir, le téléphone sonne. C'est une voix bien connue, hélas : celle de la Faux. En réalité, je suis presque soulagée de l'entendre, après toutes ces intimidations qui semblaient venir de nulle part. Au moins, il sort de l'ombre. Il veut me voir, je ne me rappelle plus exactement sous quel prétexte. J'accepte, avec le secret espoir d'en savoir plus sur ce qu'*ils* trament.

Avant de me rendre au rendez-vous que nous avons pris pour le lendemain, j'en parle à Christian. Il m'interdit d'y aller. Il va même jusqu'à me piquer les clés de la voiture pour ne pas que je sorte. Furieuse d'être traitée comme une gamine, je vais me réfugier chez ma copine M, puis invente un bobard pour récupérer l'usage du véhicule.

Quant à Michel Roussel, je lui parle également de ce rendez-vous et lui aussi me dit de ne pas y aller. *(Je ne comprends pas pourquoi il n'a pas mis un homme de la cellule sur le coup...)*

Je ne l'écoute pas, je veux savoir ce que projette la Faux. Tard le soir, j'arrive près de la piscine Léo-Lagrange, à Toulouse, au « karaoké », un bar à la devanture rouge que je connais bien, j'y venais de temps en temps m'amuser. Je pénètre dans la salle. À droite, le petit podium et son inséparable écran sont fidèles au poste. Le bar en « U », près de la porte d'entrée, est toujours là lui aussi, avec ses tabourets... sur lesquels la Faux et ses deux éternels sbires sont juchés. Je dois dire que j'ai du mal à reconnaître ce flic autrefois brun et replet. Il a changé : ses cheveux ont blanchi, il a maigri, vieilli... En revanche, il est toujours accompagné. La Faux tout seul, je demande à voir...

La conversation démarre sec. La Faux donne dans la précision :

– Les gendarmes vont te montrer une liste de flics. Tu les cocheras de haut en bas, n'importe comment. C'est dans ton intérêt.

– Tu es revenu pour m'emmerder encore ?

– Ta gueule !

– Justement, si tu crois que je vais la fermer, ma gueule ! Je vais tout dire, va, t'en fais pas !

– Ah oui ? Tu crois ça ? Tu tiens à tes mômes, non ?

– Bien sûr ! *(Je commence à m'écraser.)*

– Parce que tu sais, un accident, c'est très, très vite arrivé, surtout à des mioches qui sortent de l'école !

– *(Je deviens blanche.)* Il faut que j'aille aux W-C, attends-moi là.

Bien sûr, il n'attend pas. Je suis à peine sortie des toilettes qu'il me saisit par les cheveux, comme à son habitude, et me colle contre le mur. Il m'envoie un vrai coup de poing dans les gencives, souvenir du « bon vieux temps ». Puis il rapproche son visage du mien. Je sens son haleine visqueuse. Ça me donne envie de vomir. Il murmure à mon oreille une des phrases dont il a toujours eu le secret :

– Ferme ta gueule, sinon je te crève ! Tu m'entends ?

– Oui ! *(J'opine de la tête plus que je ne prononce les mots.)*

Il me laisse, pantelante, récupérer mon sac tombé par terre. Et lui et ses acolytes disparaissent de ma vue.

Je les crois partis et traverse rapidement la grande salle du karaoké, direction la sortie. La musique joue à plein tube. Sur l'estrade, un mec s'égosille. Juste avant que j'arrive à la porte, un type me tombe dessus. Je sursaute. C'est un des malabars de la Faux. Il agrippe mes vêtements et fait mine de me frapper. J'entends la voix de son maître, juste à côté de lui.

– Laisse-la partir, elle a compris !

Je suis encore immobile, pétrifiée par la poigne du costaud. Puis la Faux me demande, comme si j'étais une débile mentale :

– T'as compris, toi ?

– Oui, j'ai compris !

L'affreux me laisse partir. Je me dépêche de mettre le plus de distance possible entre ces trois-là et moi. Je regagne ma voiture commotionnée, secouée par l'attaque. Heureusement qu'à cette heure-ci, il n'y a personne sur la route...

À la maison, les souvenirs m'assaillent : je revois mes gardes à vue, les viols, les enveloppes et les meurtres. Tout mon passé défile, implacable. Je vais me coucher, je me tourne et me retourne sur mon matelas. Mon mari est sur la route...

Et soudain je ne peux plus dormir dans le lit. Je prends la couverture et me blottis en chien de fusil sur le carrelage, à même le sol. Pourtant, coucher par terre, ça m'avait passé. Comme le sommeil ne vient toujours pas, je ressens un besoin incontrôlable... celui de mon doudou, planqué dans un sac d'autrefois, je sais où. Le voilà. Il porte une odeur, celle des consolations de mon enfance, quand je n'avais que lui pour pleurer. Il est tout vieux, tout déchiré, mais tellement bon et rassurant. Un doudou, ça console. Ça n'est pas grave de redevenir une petite fille quand il n'y a pas moyen de faire autrement...

Le lendemain, Michel Roussel me montre une liste de plusieurs pages *(encore une fois, je ne sais pas bien lire et comme ça fait beaucoup de feuilles, j'ai l'impression d'une langue étrangère qui défile sous mes yeux)*. Je reste persuadée que je coche des flics, sur ce papier. C'est ce que la Faux m'a dit. En fait, ce sont des magistrats, je m'en apercevrai plus tard. Je suis les consignes de la Faux, j'ai trop peur pour mes gosses. Je coche n'importe quoi, comme une automate. Je n'ai qu'une hâte : partir d'ici. Je sors de la voiture[1] de Michel Roussel, tel un zombie.

1. La plupart du temps, c'est là que Roussel m'interroge car il sait que je suis en danger chez moi.

De retour chez moi, ce soir-là, je m'endors comme un loir.

C'est le lendemain soir que je me pose la question : et si j'avais incriminé des innocents ? Tout à coup, je réalise ce que je viens de faire. Sueurs froides.

Le lendemain, je n'y tiens plus. J'appelle Michel Roussel :

– Tu sais, Michel, j'ai coché n'importe quoi l'autre jour, pour la liste !

– Non ?

Je lui sors alors toute l'histoire.

Roussel était au courant que j'avais vu la Faux, mais il ne savait pas ce qui s'était passé au juste. Il avait tout de même compris que ça avait mal tourné, à mon visage, et m'avait dit quand il m'avait revue :

– Tu vois, tu n'aurais pas dû y aller !

– Et toi tu aurais vraiment dû envoyer quelqu'un parce que tu l'avais, alors, la preuve que la Faux et moi on se connaissait ! Et en plus, ça faisait un vrai flagrant délit, quand je me suis fait serrer dans les chiottes !

Il n'avait rien répondu et j'avais étouffé ma colère. *(Cela m'a servi de leçon, car après, j'ai compris qu'il fallait réunir des preuves en allant à la police... et en insistant !)* C'est pourquoi, trois jours après avoir coché la liste, quand je lui explique pourquoi et comment je l'ai fait, il m'écoute sans un mot, mais avec une attention décuplée. Sa réponse, tout à coup, fuse :

– C'est très embêtant ce que tu me racontes.

– Pourquoi ?

– Parce que j'ai *déjà* transmis la liste au juge d'instruction...

– Et c'est très ennuyeux ?

– Très.

C'est comme ça qu'un magistrat, Jean Volff, s'est retrouvé dans cette histoire, alors qu'il n'y était pour rien... Je profite de ce livre pour lui présenter toutes mes excuses, même si je sais que ce ne sera pas pour lui une consolation.

Quand je repense à l'épisode du karaoké, je me dis que si la Faux m'appelait aujourd'hui, je serais contente d'y aller de nouveau, et cette fois-ci, d'agir vraiment. Convoquer les flics, la presse, tout le monde. Le coincer. En tout cas, démontrer qu'on se connaît bien...

*
**

À la cellule Homicide 31, on se pose enfin la question de notre sécurité. Il faut dire que nous sommes sur écoute et que tous les faits et gestes des rôdeurs sont vérifiés. Il y a de l'inquiétude dans l'air, justifiée. Finalement, la voix de Michel au téléphone m'annonce :

– Vous êtes en danger, il faut déménager !

– Pas déjà ! *(C'est vrai, cela ne fait que quelques mois que nous sommes à Balma...)*

– Je pense que ce serait beaucoup plus raisonnable. Et à vrai dire, vous n'avez pas le choix.

– Mais qui s'en charge ?

– Nous vous aiderons.

J'accepte à reculons : j'en ai assez de bouger et je me trouve bien ici. Mais il est vrai qu'*ils* connaissent notre adresse et ne se privent pas de nous le faire savoir...

Les gendarmes d'Homicide 31 se mettent donc en quête d'un nouveau lieu et nous trouvent une résidence sécurisée, dont la construction est à peine terminée, dans une petite ville à une quarantaine de kilomètres de Toulouse. Nous allons visiter les habitations. Elles nous plaisent, ces petites maisons individuelles mitoyennes, avec leur jardinet parfait pour les enfants. C'est calme. Un peu à l'extérieur de la ville, mais ça ne pose pas de problème. Je sais conduire depuis de nombreuses années. Seulement, je n'ai pas le permis [1]...

En guise d'aide, c'est tout ce que nous obtiendrons : les gendarmes nous présenterons notre nouvelle habitation ! En revanche, le reste sera à notre charge : le dédit pour l'appartement de Balma, le déménagement, les frais divers, les cautions pour la location... *(Les loyers sont beaucoup plus chers dans la résidence de J, la petite ville où nous immigrons.)* Tout cela, nous le devons à une avance sur le salaire

1. À l'heure où j'écris ces lignes, j'ai cessé de conduire sans permis et suis en train d'essayer de le passer...

de Christian, et à un prêt relais obtenu grâce à l'aide de Me Catala, que je remercie sincèrement.

Il n'y a pas à dire, c'est cher, la vie de témoin ! La presse ayant dit que nous avions bénéficié d'aides, je voulais que cela soit clair : tout a été à notre charge. De plus ce déménagement, dont nous continuons aujourd'hui de subir les contrecoups économiques, n'a rien résolu.

III

... Les pressions continuent

C'est comme si rien ne s'était passé ! Comme si nous n'avions pas déménagé ! Et dire que tout ce que nous voulions, c'était vivre tranquilles...

À peine installée à J, je fais l'objet de deux courses-poursuites dignes des plus beaux films d'action. Les protagonistes de l'histoire ? Des mecs dans une voiture, à la tombée de la nuit, qui poursuivent mon véhicule : ils me font des appels de phare, ralentissent et accélèrent en même temps que moi, klaxonnent, se rapprochent, reculent, font vrombir le moteur, me mettant dans un état de panique proche de l'hystérie. Les deux fois, je me précipite sur le téléphone portable pour parler à Michel Roussel, celui-ci me criant dans l'écouteur qu'il ne peut rien faire pour moi, qu'il faut aller à la gendarmerie la plus proche enregistrer une déposition.

Première course-poursuite : panique à bord, je réussis plus ou moins à semer mes poursuivants et fais ce que Roussel me dit, je vais à la gendarmerie. Mais j'ai beau chercher, pas un flic à l'horizon. Gendarmerie déserte. Personne. *(U, un petit patelin où, apparemment, il n'y a pas souvent de délits !)*

Deuxième filature : même topo. Course effrénée, klaxons, *ils* me poursuivent jusqu'à la gendarmerie, puis bifurquent et disparaissent au moment où je sors de mon véhicule. Une fois dans les locaux, affolée, le cœur battant à tout rompre, je demande à faire une déposition. J'ai le tort d'expliquer qu'il y a un rapport avec l'Affaire Alègre. Stupéfaite, j'entends qu'on me répond :

– Ah non ! Nous on ne veut rien avoir à faire avec ça ! Allez voir ailleurs, allez demander à ce Michel Roussel !

– Mais il est sur Toulouse ! *(Quarante kilomètres...)*

– Ça nous est égal, on ne veut pas s'occuper de cette affaire !

– Tant pis, je l'appelle et je vous le passe.

Suit un coup de fil surréaliste entre Michel Roussel et les gendarmes de J.

Il en ressort que Serge Lemoine, le juge d'instruction chargé de l'Affaire Alègre, va devoir joindre la gendarmerie et demander expressément que je sois entendue et que ma déposition soit consignée...

En attendant, je rentre chez moi, choquée doublement par la course en voiture et le comportement étrange de ces gendarmes. Une heure plus tard, je reçois un coup de téléphone :

– Nous allons venir chez vous !

– Ah bon ?
– C'est mieux comme ça...
– Bien...
Je les vois débarquer, vers huit heures du soir, pour noter mes propos...

*
**

Ça ne s'arrête pas là. Je m'en doutais un peu. Maintenant, j'en suis sûre, depuis que nous avons déménagé, *ils* ne savent peut-être plus où nous habitons très précisément, mais *ils* savent dans quelle ville et connaissent très bien ma voiture.

Ce soir-là, sur un coup de tête, je décide de me rendre à Toulouse pour me distraire, sortir un peu de mes hantises. J'emmène ma mère avec moi. *(Quand nous avons emménagé, elle est venue habiter près de chez nous. J'essaie de rétablir une relation avec elle, même si c'est très difficile.)* Il est tard, une heure du matin peut-être. Christian est à la maison, il garde les enfants. J'ai absolument besoin d'air. Comme je n'ai pas d'argent liquide et que je ne connais pas encore très bien les environs, je décide que nous nous arrêterons au prochain village sur la route de Toulouse pour faire le plein de cash à un distributeur.

Paysage vallonné, routes bordées par des platanes, ça monte, ça descend, le village est à un petit quart d'heure de chez moi. Nous roulons dans la nuit, tous phares allumés, routes désertes...

Juste à l'entrée du village de U, je m'aperçois

soudain qu'une voiture est derrière moi. Mais je n'y fais pas plus attention que ça, me disant : « Si c'est encore un poursuivant, on verra bien, mais ça m'étonnerait. » *(Qui aurait pu savoir que j'allais sortir ce soir-là ?)*

Je me dirige vers la Poste et son parking, sur une petite place en retrait de la départementale, à droite de la route qui traverse le village de part en part. J'espère trouver là un distributeur automatique de billets. J'arrête le véhicule sur le terre-plein, et sors en quête de l'enseigne. Au même moment, les phares de l'automobile, toujours derrière nous, m'aveuglent. Les freins crissent, la voiture s'immobilise, sa portière s'ouvre et je reconnais avec stupéfaction une silhouette familière, celle du Cobra !

Il est là, juste devant moi, je le vois à peine car il n'y a pas de lumière à cette heure-ci et dans ce lieu. Je n'y crois pas !

– Mais qu'est-ce que tu fais-là ?

– Ça ne te regarde pas, je passais !

– Qu'est-ce que tu veux ?

– Où est la mallette ?

– Ah çà ! Je ne l'ai pas, ta mallette ! Et même si je l'avais, je ne te la donnerais pas !

– Même contre un bon paquet de pognon ?

– Va te faire foutre avec ton pognon, même si je savais où elle est, je te l'enverrais à la gueule, ton pognon !

– Mais si, je sais que tu l'as, ils en ont parlé dans les journaux !

– Je te dis que non, ça fait bien longtemps que je ne sais plus où elle est...

Durant cette conversation, il s'est rapproché de moi, sournois, massif. Nous nous tenons à quelques mètres de ma voiture. Pendant ce temps, ma mère a passé le nez en dehors de l'auto, elle s'inquiète, mais je n'ai pas le temps de m'en apercevoir. Je reçois un coup de poing magistral dans les gencives, qui fait sauter mon bridge [1] ! Je reste groggy, comme un boxeur sur un ring, sauf que je sers de punching-ball à ce type qui se met, en plus, à m'insulter :

– T'es qu'une sale pute !

– Pute et fière de l'être ! Aujourd'hui, je ne te dois rien...

– De toute façon tu pourras faire et dire n'importe quoi, tu n'auras aucune chance, tu entends bien, aucune, que cette affaire sorte vraiment un jour !

– Va te faire voir ! *(Je parviens à articuler avec peine.)*

– Personne ne croira des filles comme vous.

Une fois proférée cette évidence, il dégage et démarre en trombe.

Je regagne la voiture et me glisse sur le siège passager, tremblante, décomposée, sous le regard affolé de ma mère, qui sanglote comme une petite fille :

1. Je n'ai plus que trois dents qui m'appartiennent, je le rappelle. Les dentistes experts ont confirmé cet état.

– Mais il aurait pu te tuer ! Imagine qu'il ait eu un pistolet !

– Ce serait bien la première fois qu'on le verrait avec un flingue, on n'est pas dans un western ! *(Je tente de la calmer.)*

Premier réflexe *(maintenant, je sais ce qu'il faut faire, j'ai appris pendant ces quelques mois de pressions)* : aller à la gendarmerie. Celle de U fera l'affaire.

On se retrouve toutes les deux, ma mère et moi, devant des flics. Ils prennent la déposition sans faire d'histoires et nous posent bien sûr des tas de questions, dont une qui revient sans cesse et s'adresse à ma mère :

– Vous avez vu s'il avait des cheveux ?

– On n'y voyait rien, avec tout ce noir et pas d'éclairage, comment voulez-vous que je vous dise ?

– Attention, si vous ne dites pas la vérité, vous irez en prison !

– Vous savez quoi, je n'arrêtais pas de pleurer, j'étais paniquée, si vous croyez que j'ai pu voir quoi que ce soit, à part le fait qu'il était costaud !

Je suis étonnée, une fois de plus, du comportement de ce flic. Pourquoi menace-t-il ma mère, venue faire une déposition en tant que victime ?

En sortant, elle me dit :

– Allez, on rentre !

Je réplique, pour détendre l'atmosphère :

– Mais non, on va prendre l'air... *(J'en ai vu d'autres, mais pas elle... De toute façon, j'ai l'habitude. C'est comme ça depuis la nuit des temps : les mecs, quand on a des paroles plus fortes que les leurs, ça les énerve. Alors ils tapent...)*

C'est la dernière fois que je ferai personnellement l'objet de pressions de *leur* part. Nous sommes en mai 2003. Une fois de plus, je n'ai pas eu le dernier mot avec le Cobra. J'enrage. Comment se trouvait-il sur cette route à cette heure tardive ? Comment a-t-il pu savoir que j'allais partir, alors que j'avais agi sur un coup de tête ? Il n'empêche que la coïncidence paraît tellement énorme que je ne crois pas du tout au hasard, bien qu'il m'ait affirmé le contraire... Mais je réalise tout à coup qu'une fois de plus, j'ai très peu de chances d'être crue, malgré ma déposition...

À la suite de cet épisode, Homicide 31 nous fait suivre par des flics en voiture et installe un équipement de surveillance vidéo qui filme la maison et ses abords. Grâce à ça, les intimidations cessent et nous retrouvons un peu de paix [1]. Ce déménagement, coûteux et fatigant, présenté comme obligatoire, n'aura en fait servi à rien... si ce n'est à nous déstabiliser encore plus.

1. Relative, car une fois sur écoute et filmés, nous pouvions dire adieu à notre intimité.

IV

Confrontation avec Patrice Alègre

Pendant ce temps, l'enquête sur Patrice Alègre suit son cours, et les personnes qui ont eu affaire à lui se trouvent bien entendu concernées.

Le 15 avril 2003, sur les conseils de mes avocats, Me Catala et Me Amar – cette dernière m'assiste depuis longtemps pour mes dossiers sociaux –, je me constitue partie civile avec Patricia et d'autres anciennes prostituées. Une nouvelle information judiciaire est ouverte par le parquet [1] à l'encontre de « Patrice Alègre et tous autres » pour « proxénétisme en bande organisée, viols aggravés et complicité, viols sur mineurs par personne dépositaire de l'autorité publique, tortures et actes de barbarie ». Les juges d'instruction Thierry Perriquet et Nicole Bergougnan sont chargés de cette nouvelle « Affaire Alègre », un véritable tournant visant à

1. Le procureur de la République, Michel Bréard, est à l'origine de cette information judiciaire.

démontrer, entre autres, que Patrice n'a pas agi seul et qu'il recevait des ordres.

Or, à partir du moment où des soupçons incriminant d'autres personnes deviennent officiels, on n'est pas loin de parler de réseau. Et qui dit réseau dit protection, impliquant souvent des personnalités. Ça commence à intéresser vraiment la presse : les journalistes se jettent sur toutes les infos qui passent et interrogent tous les acteurs possibles : avocats, policiers, familles. Jusqu'à, parfois, disposer mystérieusement de procès-verbaux (P-V)... Nous reviendrons sur l'emballement médiatique.

Je me dis, encore une fois, que la vérité a peut-être une chance de sortir. En même temps, je me rends compte du peu de preuves dont je dispose, à cause du temps écoulé, d'une part, et aussi du fait que les témoins de l'époque auront beaucoup de mal à parler. *(Même aujourd'hui, je ne leur en veux pas, c'est leur choix...)* Mais l'effet général de cette constitution de partie civile, c'est quand même un peu d'espoir. Cependant, très vite, je m'aperçois que l'affaire se complique à plaisir et que je ne suis pas près d'en finir...

*
**

En attendant, je comparais à la confrontation organisée par le juge d'instruction Serge Lemoine – en charge de la procédure à l'encontre de Patrice Alègre pour les meurtres dont il est soupçonné. Cela se passe au palais de justice de Toulouse, le 12 mai

2003. Un nouveau bâtiment sans charme, plus fonctionnel que l'ancien palais de justice en réfection.

Après avoir parcouru des couloirs interminables et franchi un dernier sas menant à la pièce de la confrontation, je pénètre dans la salle et repère tout de suite, en face de moi, Serge Lemoine assis derrière son bureau. Si l'occasion n'était pas aussi solennelle, je suis sûre qu'il se lèverait pour m'accueillir... C'est ça que j'aime chez ce monsieur pour qui j'ai un infini respect : sa simplicité et sa gentillesse, en même temps qu'une grande compétence. Cependant, l'atmosphère est loin d'être cordiale. Brochette de flics, chiens policiers, ça ne rigole pas. Je ne me sens pas très bien, entourée de tous ces gendarmes.

Dans la pièce, devant le bureau du juge, nous sommes tous installés en demi-cercle. À l'une des extrémités, Patrice entouré de ses deux avocats, Mes Pierre Alfort et Laurent Boguet. On me place à côté d'un des deux défenseurs, seul rempart entre le criminel et moi. Patricia est à l'autre extrémité du demi-cercle, près de son conseil. Nous sommes tous assis ; le substitut du procureur, François Heinisch, est également présent à nos côtés. Derrière nous, debout, les flics aux chiens, ceux de la cellule Homicide 31, dont Michel Roussel qui s'est mis derrière la porte ouverte *(je ne sais pas pourquoi...)*. Bref, nous devons être une quinzaine dans cette salle.

Je me trouve dans un état de panique totale, sans pouvoir décrocher un mot. Quand on me demande de parler ou si j'ai des questions à poser, je ne réponds rien tant j'ai la gorge nouée. Je porte un drôle de foulard sur la bouche, qui me couvre la moitié du visage, comme si cela pouvait me protéger... *(Ce n'est que plus tard que j'oserai apparaître à visage découvert.)* Patricia, en revanche, se lance dans de grandes phrases et crie beaucoup. Elle me donne la migraine.

Tout à coup, je m'aperçois que Patrice a tourné la tête et a braqué son regard sur moi. Cela dure une éternité, me semble-t-il. C'est comme si ses yeux me touchaient. À la fin, ça fait « tilt » et je me dis : « Eh bien mon con, je vais prendre le dessus ! »

J'enlève mon foulard d'un geste sec et dans le même mouvement, tombe la veste, prête à en découdre. J'ai retrouvé mon énergie. Là, moi aussi je regarde Patrice bien en face. Je lui sors tout ce qui me passe par la tête. Je n'arrête pas de parler – impossible de me souvenir avec précision de ce que je déverse sur cet homme à ce moment-là... Je l'attaque sur le passé, ce qu'il a fait, les questions qui m'empoisonnent l'existence. Je le vois alors baisser les yeux. Le substitut du procureur Heinisch et le juge d'instruction Lemoine me semblent très satisfaits de ce qui se passe. Je rappelle à Patrice ce soir où je l'ai provoqué, dans la rue, avec la canette de bière en verre, parce que je voulais défendre une collègue qu'il avait accrochée. Et la fois où il m'a planté son couteau entre les dents, au Café noir.

Je lui pose des questions, mais à chacune d'elles c'est l'un de ses avocats qui répond. À un moment, Serge Lemoine demande à Alègre :

– Répondez à la question !

Patrice ouvre la bouche, mais la main de son avocat se pose sur sa cuisse, et ce dernier se met à parler à la place de son client. Ça m'énerve tellement que je sors :

– Mais vous êtes pédé, ou quoi ! Qu'est-ce qu'elle fait, votre main sur sa cuisse ?

– Un peu de tenue ! demande le juge.

– Je m'excuse.

Je m'adresse maintenant à l'avocat :

– Attendez, vous ne pouvez pas laisser parler votre client ? Il a besoin d'un tuteur ? D'un papa ?

– Je suis son avocat, tout de même ! *(Il est furieux.)*

– Il est grand, Patrice, il peut parler tout seul...

Petit à petit, ma colère se calme. Mes paroles se font plus douces et je demande à Alègre :

– Dis, tu te rappelles des moments où on était potes ? Quand on se racontait nos parents tordus et qu'on se confiait toutes nos histoires de gosses ?

Il semble que je touche à quelque chose de profond chez lui, certainement un point sensible, car je vois une petite larme couler, minuscule. Encore une phrase de ma part et il se met à pleurer vraiment.

Instant étrange, où je sens que chacun retient son souffle dans la salle. Le substitut Heinisch le dira plus tard : tout le monde était convaincu qu'il allait parler...

Mais arrive ce qui doit se produire : l'un des avocats réagit, se penche vers son client, chuchotant quelque chose à son oreille. Patrice lui répond de la même manière. Tous deux jettent un regard en coin à Lemoine. On entendrait une mouche voler, tant le silence est épais. Soudain l'avocat déclare bien haut :

– Mon client souhaite se retirer et n'a plus rien à ajouter.

Nous les voyons se lever tous les trois ensemble, Alègre et ses deux défenseurs. Je les regarde partir, encore tout étonnée de cette scène si puissante, si porteuse de souvenirs.

Il n'empêche que c'est suite à cette confrontation que le juge Lemoine met Patrice en examen pour le meurtre de Claudia[1], et qu'il avoue connaître un certain magistrat avec qui il aurait pris un apéritif, un jour de 1990.

*
**

Alègre est un type qui n'a pas de pitié, je le sais parfaitement. Et je me demande toujours pourquoi il m'a laissée en vie alors qu'il est « présumé » en avoir tué tant d'autres. Même si l'on se réfère à mon amitié avec lui, dans les débuts, ça ne l'aurait pas empêché de me zigouiller et il en a eu plusieurs

1. Quelque temps plus tard, Patrice avouera ce meurtre, puis se rétractera.

fois l'occasion. Après tout, je ne suis qu'une gonzesse ! Face à lui, je ne faisais certainement pas le poids. Ni face à son plaisir de mettre les filles à terre.

Peut-être qu'il me pensait intouchable parce que j'étais avec le Cobra, son protecteur ? Parce que j'étais la petite sœur d'un de ses comparses... Parce que nos origines communes et le milieu dans lequel nous naviguions étaient tellement imbriqués que me tuer aurait eu des conséquences néfastes pour lui...

Mais aussi parce que je ne me suis pas trouvée sur son chemin au mauvais moment, à la mauvaise heure, une nuit de défonce, et que je ne lui ai pas résisté comme ses malheureuses victimes. Nous nous connaissions trop bien pour ça.

Peut-être ai-je simplement bénéficié d'un de ces hasards inexplicables... Je n'ai pas de réponse, ou peut-être sont-ce toutes ces réponses-là, en vrac, qui m'ont sauvé la vie.

V

Déchaînement des passions

Il ne faut pas m'adresser la parole quand je sors du tribunal.

Régulièrement, j'y ai rencontré le juge Perriquet[1], ou le juge Lemoine[2]. On m'a confrontée à une personne ou à une autre, issue de mon passé maudit. J'ai dû, pendant des heures, répondre à des questions qui se ressemblaient toutes, avec le maximum de précision, en me creusant la cervelle pour ne pas faire d'erreurs et maintenir mon attention alors que je comprenais parfois un mot sur deux de ce que le juge me disait... *(Après, il faut voir comme on me traitait de menteuse pour un oui ou pour un non...)* J'ai été obligée de mimer des scènes douloureuses, à la limite du supportable. Tout cela n'a fait que réveiller la cohorte des souvenirs horribles et des impressions négatives.

---

1. Chargé de l'instruction sur le dossier viols et proxénétisme, etc.
2. Chargé de l'instruction sur les meurtres de Patrice Alègre.

En clair, quand je sors du tribunal, je me sens plus minable que minable. *(À ce propos, j'ai demandé à mon avocat d'écrire à un certain juge que je ne voulais plus être reçue par lui, parce que « je veux bien être entendue, mais pas humiliée ». Celui-ci a suggéré à mon défenseur d'engager une procédure...)*

Après ce genre de traitement, je quitte les lieux, énervée et lessivée, juste bonne à me promener dans les rues de Toulouse. J'arpente le bitume sans but, mais au bout d'un moment, je me retrouve fatalement sous un porche que je connais, devant un endroit où j'ai habité, où je suis venue, que sais-je encore. Là, que je le veuille ou non, des images me sautent à la mémoire et je ne sais plus quoi faire. L'angoisse monte, je me sens en totale contradiction entre ce que je suis, et ce que je voudrais être, entre ma peur de me souvenir et mon besoin de le faire. Résultat : je chope le « wouhaïlle ».

Il n'y a plus alors qu'une solution : me vider la tête, faire les magasins, regarder les vitrines, bouger à tout prix, voir autre chose... Les boutiques, les rues, les boutiques, les rues. Et dès que je vois un endroit où je suis déjà passée, je le contourne ou je pars à l'opposé.

La presse s'en mêle

Je ne sais pas comment ça a commencé et à vrai dire je m'en moque. Les médias se sont jetés sur l'affaire quand elle s'est élargie et a impliqué des personnalités. Un ami m'a parlé d'un gros titre de *La Dépêche du Midi*, le 4 avril 2003 : « À nos lecteurs, la vérité, toute la vérité. » Je suis restée quand même sceptique, parce que j'ai du mal à croire que tout ça sortira vraiment. En tout cas, il paraît que la presse a dénoncé des personnalités dès que nous [1] avons parlé, ce qui a conduit le parquet à ouvrir la fameuse information sur le proxénétisme et les viols aggravés. Comme ça, on ne pouvait pas accuser la justice de ne rien faire et nous allions enfin être entendues.

Le 18 mai 2003, Dominique Baudis apparaît sur les écrans de télévision pour se défendre, créant une ambiance électrique. Tout de suite après, il y a le témoignage bizarre de Djamel, qui aurait appartenu au milieu de la Ville noire en même temps que moi. Une histoire à laquelle je ne comprends pas grand-chose. D'ailleurs, je décide de me renseigner, car je ne me souviens pas du tout d'un type qui se serait appelé Djamel à cette époque sur le trottoir. J'interroge plusieurs copines, je reprends contact avec certaines personnes de ce milieu : tout le monde est formel, ce personnage n'existait pas sur

1. Nous : les six anciennes prostituées parties civiles.

la scène de la Ville noire en 1990-93. En réalité, je ne vois pas bien ce qu'il vient faire là, à part nous discréditer ! *(Il en est mort et c'est vraiment triste. Je ne l'ai jamais rencontré, mais ne peux pas croire qu'il se soit suicidé parce qu'il avait le projet de se faire opérer pour devenir une femme. Il me semble que tant qu'on a un but, on ne se suicide pas... Et d'ailleurs, y a-t-il eu une enquête sérieuse sur son décès ?)*

À la même époque, l'avocate de Patricia accorde des interviews et, tous les jours, de nouveaux articles paraissent. Les journalistes, telle une meute, envahissent ma vie. Certains viennent jusque chez moi, d'autres appellent même sur mon téléphone portable. *(Qui leur a balancé mon adresse et mon numéro ? Je ne le saurai jamais.)* Mais je ne donne pas suite.

Par l'intermédiaire de mon avocate, Me Muriel Amar, je décide néanmoins un jour de rencontrer l'un d'entre eux. Le 10 juin 2003, Patricia Tourancheau, journaliste à *Libération*, vient me poser des questions. Ce sera le seul quotidien où une interview de moi paraîtra.

En revanche, quelque temps auparavant, j'ai été contactée par l'équipe du *Vrai Journal* par l'intermédiaire de Patricia. Ils veulent me montrer la lettre qu'ils ont reçue de Patrice Alègre. Est-elle authentique ? Je décide de me rendre près de Pau, chez Patricia, afin de rencontrer l'équipe. J'ai ma petite idée pour identifier cette missive avec certitude, une idée dont je ne parle à personne avant d'avoir tenu cette lettre en main.

On me présente le papier. Immédiatement je reconnais l'écriture de Patrice et surtout, le petit cœur qu'il dessine à la place du tréma quand il écrit le nom de sa fille, Anaïs.

Plus tard, Karl Zéro descend à Toulouse pour me poser des questions. Le même jour, j'accepte d'écrire un livre pour raconter mon histoire. Il est convenu qu'on me donnera un « à-valoir », c'est-à-dire un acompte sur les futures ventes du livre. Cela m'arrange bien car ma voiture vient de tomber en panne : joint de culasse... Je suis comme une gamine avec la nouvelle auto que j'ai gagnée grâce à mon à-valoir ! Fière de moi et comme soulagée de pouvoir enfin raconter mon vécu, pour contribuer à faire éclater la vérité. Une éclaircie dans le sombre paysage qui m'entoure...

Naïvement, moi qui ne connais rien à l'orthographe, j'achète un ordinateur portable d'occasion pour commencer à rassembler quelques idées afin de faciliter les entretiens. J'ai l'impression que ça va me réconcilier avec moi-même, changer ma vie. Mais c'est très dur. Les lettres me résistent. J'arrive quand même à sortir des choses... avec de nombreuses heures de travail et la lenteur d'un escargot. En définitive, je me rendrai vite compte que je n'ai pas les mots qu'il faut pour transmettre ce que je voudrais exprimer. Ce sera quelqu'un d'autre qui devra me prêter les siens.

Je passe l'été à me morfondre, à me faire examiner par des médecins, des psychiatres, des dentistes. Ils valident tous mes dires. Les rapports sur mes dents sont formels : il s'agit bien de violence, subies il y a dix ans et plus. Jusqu'à mon bridge dégrafé récemment par le coup de poing du Cobra. Quant à la conclusion psychiatrique, elle montre que je suis saine, que je n'affabule pas mais que mes nerfs sont simplement sous tension. Ce qui est normal avec ce que je vis. Pour une fois qu'on n'essaie pas de me faire passer pour folle...

... Mais *ils* trouvent une autre stratégie et décident que je suis une affabulatrice !

Je ne lis pas tous les articles publiés. De toute façon, la vérité est rarement au rendez-vous. Surtout dans ce papier du *Nouvel Observateur*, le 25 septembre, où je suis traitée de « serial menteuse », un jeu de mots, on m'a expliqué. Celui-là me fait beaucoup de tort : ce qu'on raconte sur moi est biaisé car ma sœur et mon frère ont agi en ennemis, racontant une série de mensonges et me mettant dans une situation néfaste. Les gens commencent à penser que j'entretiens tout le monde autour de moi, que j'ai un paquet de pognon. Et que je suis la pire des mythomanes...

Quant à mon prétendu appât pour l'argent, je vais être claire : si j'avais vraiment été intéressée par l'argent, j'aurais plongé dans le monde des pourris de l'époque. *(Après tout, ça aurait peut-être pu tourner comme ça, si ma personnalité avait été différente !)* En fait, ce monde-là m'a dégoûtée à tout jamais du fric, parce que j'ai vu les saloperies qu'on pouvait faire avec. Je pense que toutes les gamines rêvent de bien vivre, de devenir une femme, de porter de jolis vêtements, de se payer des choses. Mais moi, j'ai vite vu ce qui se passait du côté de la malhonnêteté et je pense être vaccinée. Seul l'argent qu'on gagne avec son travail peut contribuer au bonheur, j'en suis persuadée.

Cet article m'a fait du mal. Très souvent, je pense à la journaliste qui l'a écrit. Elle n'a certainement pas réalisé à quel point son travail me reviendrait à la figure à chaque tournant de cette affaire. Elle a certainement oublié, aussi, que les autres journalistes reprendraient ses allégations. Une fois qu'on a catalogué quelqu'un, il est très difficile de revenir en arrière. Les gens que je croise ont toujours en mémoire ce mot de « menteuse ». À partir de là, ils me jugent par avance et n'écoutent pas ce que je leur dis de la même manière... *(Pourquoi cette journaliste a-t-elle cru ma sœur, et surtout mon frère ? A-t-on le droit de juger, comme ça, sur des on-dit ?)*

Il y a quelques mois, mon frère a eu une conversation de plusieurs heures avec Christian, au cours de laquelle il s'est excusé d'avoir menti au magazine. La raison ? Sauver sa peau, peut-être...

– Et celle de ta sœur, tu t'en fous ? a rétorqué mon mari.

– C'est pas mon problème, a répondu Simon. J'ai trop peur.

– Même si ta sœur va en cabane ?

– Même si elle y va...

Cette conversation a été sur écoute *(comme la plupart des communications téléphoniques passées depuis la maison)*, et je crois qu'elle a été versée au dossier... En attendant, quand Christian me l'a racontée, je me suis sentie mal. La nausée de l'injustice, comme souvent...

VI

Harcèlement

Dans un dossier normal, mon avocat me l'assure, la partie civile, c'est-à-dire la victime, est en général ménagée. Lorsqu'il y a confusion, ou un peu d'exagération due, par exemple, à l'émotion, tout le monde comprend et excuse par avance la plaignante. Ne serait-ce qu'au nom du traumatisme...

Comme dirait mon avocat, on oublie trop vite que je suis partie civile ou encore : « Quand Florence se trompe, c'est un mensonge, mais quand des personnalités mentent, il s'agit alors seulement de mémoire défaillante. »

En préface de ce livre, je demandais au lecteur de faire un petit exercice pour essayer de se remémorer avec précision des événements de sa vie d'il y a douze ans. Le lecteur se sera certainement aperçu de la difficulté d'exhumer de sa mémoire des vieux souvenirs...

Pour moi, c'est d'autant plus incroyable d'être cataloguée de cette manière que je fonctionne de manière parfois purement réactive. Le contraire d'une affabulatrice : je lance tout ce qui me passe par la tête sans écran et sans fard, sans me soucier des conséquences *(que je ne devine malheureusement pas toujours).* Ceci explique, parfois, mes revirements. Il y a aussi ma honte de ne pas savoir lire correctement, grande source de malentendus, car tout le monde croit toujours que j'ai assimilé ce qu'on m'a dit. Hélas, ce n'est pas possible pour moi.

Inutile de se demander pourquoi je suis autant attaquée. La réponse est trop limpide : cette affaire dérange la justice et le pouvoir. Sans parler de la société en général qui a toléré ce genre de gangrène. Bref, je suis au cœur d'une sorte de cyclone. Le tout, c'est qu'il ne me balaie pas moi aussi.

Aux alentours de mai 2003, les pressions physiques à mon égard se sont transformées en pressions juridiques. C'est moins dangereux pour le corps, mais plus pour l'esprit. *(Je n'entends plus parler de la Faux ni du Cobra. Grand silence de messieurs les voyous.)* En revanche, les convocations se multiplient, ce qui, encore une fois, est rarement le cas dans une affaire dite classique, où la victime est la plupart du temps maniée avec précaution par l'appareil judiciaire.

Je suis submergée de ces papiers austères et stressants pour plusieurs raisons. Tout d'abord, j'apparais à plusieurs endroits des différentes procédures en cours. Ensuite, il semble que je sois victime d'une sorte de harcèlement judiciaire.

Je suis entendue dans plusieurs affaires. Premièrement en tant que partie civile[1] pour ce qui est « viol et proxénétisme aggravé », etc. Puis en tant que témoin, dans le dossier des meurtres reprochés à Patrice Alègre en cours d'instruction. Enfin en tant que témoin assisté pour l'affaire Djamel. *(Ce dernier statut permet de bénéficier de la présence d'un avocat lors des confrontations et interrogatoires.)* Cela fait beaucoup, mais cela justifie-t-il ces convocations incessantes, ce « harcèlement » dont je parle, et qui me semble clairement destiné à m'écœurer et me faire abandonner la partie. Je reçois plus de quatre convocations par mois, quelquefois plusieurs par semaine. Faire garder les enfants est un problème : ils sont quatre, le premier vient d'avoir dix ans et la dernière est née en 2002.

Parfois, on me demande d'aller jusqu'à Paris. *(Quand je m'absente, mon mari doit poser une journée de congé pour garder les enfants, et je ne parle pas des frais de déplacement, jamais remboursés.)* Lorsque j'explique mon cas, demandant de reporter la convocation, on me répond : « Nous ne sommes pas un restaurant, on ne prend pas de réservations ! » Mon avocat a beau envoyer des lettres et téléphoner, rien n'y fait pour le moment...

1. Démarche officielle judiciaire permettant de faire état de son statut de victime de préjudices directs.

Récemment, devant mon désespoir, l'assistante sociale et mon avocat ont mis au point un dispositif pour me permettre cette chose toute simple, évidente pour tous : ne pas déstabiliser mes enfants en leur imposant tout ce cirque. *(Les gens, comme je suis une ex-prostituée, s'imaginent souvent que je ne peux être qu'une mauvaise mère. Chaque fois, cela provoque un sentiment d'injustice très douloureux chez moi. Je ne vois pas pourquoi je n'aurais pas droit à une vie normale, alors que j'ai fait tellement d'efforts pour m'en sortir...)* Le juge des enfants a donc rappelé à ses collègues et à la police ma situation, pour que ceux-ci me convoquent seulement certains jours de la semaine – pas le mercredi par exemple – et m'entendent près de mon lieu d'habitation *(je n'ai toujours pas le permis de conduire)*. Nous avons aussi requis la mise en place de familles d'accueil pouvant s'occuper des enfants en cas de convocations trop longues, certains jours et deux par deux, aucune famille ne pouvant accueillir quatre enfants à la fois.

Une situation ubuesque pour une personne qui est supposée rendre service à la justice en faisant son devoir de citoyenne.

Sans parler de certaines scènes surréalistes, telle celle qui va suivre.

La vie ordinaire d'un témoin

Je ne me souviens plus avec certitude de la date, mais me rappelle très bien cette convocation, pour neuf heures du matin, au palais de justice de Toulouse. Ça tombe mal : je vis un de ces moments durs, où je me sens à la dérive. De plus, je ne vois pas comment me rendre si tôt le matin dans la Ville rose. Je suis malade, défaite et le médecin que je consulte m'établit un certificat médical. J'annonce que je ne pourrai pas me rendre au tribunal. Mais mon avocat me fait changer d'avis, me demandant de prendre sur moi. Je cède devant ses arguments. Il téléphone alors au juge pour lui annoncer ma présence ce jour-là.

Je dors chez M, une amie de Toulouse, afin d'être à l'heure à la convocation. À 7 h 30, je suis à pied d'œuvre, devant la porte du tribunal.

Au même instant, à J, d'autres personnes sont devant une autre porte... Ce sont les flics, et c'est la porte de chez moi ! Ils se sont tout de même pointés, malgré le message de mon avocat leur indiquant que je suis à Toulouse. Il a tout d'abord fallu qu'ils entrent dans la résidence, sécurisée par un portail à ouverture automatique. Aucun problème ! Mon voisin, un de leurs collègues, leur a ouvert. *(Par la suite, il refusera de me signer un papier pour prouver que les flics sont bien venus. Motif : « On travaille ensemble ! Je ne vais pas aller contre eux... »)*

Les policiers, devant les hésitations de ma mère

(elle garde les enfants, elle a peur et ne sait pas quoi faire), tambourinent à la porte tant et tant que maman finit par ouvrir.

Ils entrent en trombe, fouillent partout, sous les lits, dans les placards, pour essayer de me trouver. *(Moi, la « grande criminelle » qui m'évertue depuis un an à dire tout ce que je sais aux autorités...)* Les gosses sont morts de peur, ils posent des questions qui restent sans réponse, pleurent. Les flics repartent bredouilles, et pour cause, je n'ai pas le don d'ubiquité.

Mes enfants affolés ? Ma mère déboussolée ? Ma réaction plus tard ? Ça n'intéresse personne : ça ne fait pas partie de l'Affaire. « Dommages collatéraux », diraient les commentateurs des journaux télévisés. Depuis, mes gamins se terrent quand ils voient un flic se présenter à la porte...

*
**

Autre récit édifiant, pris au hasard dans mon passé récent.

Je me rends au commissariat de J, ma petite ville, pour être entendue par des flics de Paris au sujet d'une ramification de l'Affaire Alègre. Il est quatorze heures quand je m'attelle à mon nouveau pensum. Au bout d'un certain temps, d'interrogations en précisions, je réalise que si ça continue, je serai en retard pour m'occuper des enfants.

– Ça ne fait rien, vous n'avez qu'à les faire garder, me dit un flic.

– Oui, mais par qui ?
– Vous ne connaissez personne ?
– Si, la fille du patron du bar de M, mais leur téléphone a un problème.
– On va vous aider, venez avec nous en voiture, on va vous emmener et on verra bien.
Les flics me déposent à mon bar préféré. Je demande à la fille du patron, une amie, si elle peut garder les gamins. Elle me répond :
– D'accord, mais seulement à partir de 19 h 30.
Je la remercie. De retour dans la voiture, les flics protestent :
– Ah mais non ! Nous on mange à cette heure-ci... 19 h 30 c'est impossible, après on a fini notre journée.
Je n'insiste pas, après tout je peux comprendre, et dis à ma copine que finalement, ce n'est pas la peine de venir.
Quelques heures plus tard, les mêmes policiers m'annoncent qu'ils ont réfléchi et qu'ils peuvent me recevoir à partir de 19 h 30. Là, j'ai une réaction d'énervement, ils y répondent de manière tout aussi peu gracieuse.

Voici comment. Un heure plus tôt, j'ai reçu un coup de fil :
– On fait un tour près de chez vous, est-ce qu'on peut passer ?
– Là, maintenant ?
– Oui, tout de suite !

– C'est mercredi, j'ai mon fils à la maison, je ne peux pas ! Et de toute façon, pas chez moi. Je ne veux pas mélanger ma vie actuelle à mon passé. *(J'ai encore en mémoire les aventures d'hier.)*

– Mais...

– Écoutez, je suis occupée, là. On se reparle plus tard.

Je raccroche, énervée. En plus, je suis en pyjama !

Ce qui ne les empêche pas de débarquer dans ma salle à manger une petite heure plus tard. Deux hommes et une femme de Paris. Prise de panique, j'appelle mon avocat :

– Qu'est-ce que je leur dis ? Je n'ai pas envie de les voir, qu'est-ce qu'ils font là, d'abord ?

– Florence, écoute, tu vas les recevoir. C'est pour la vérité, fais-le pour toi !

Je réponds à leurs questions jusqu'à une heure de l'après-midi. Pendant, ce temps, j'ai envoyé mon fils chez une voisine.

La maison, c'est le seul endroit où mon passé n'existe pas. Je déteste qu'on viole l'unique territoire où je me sens bien. Mais eux, ils ont une mission et ils l'exécutent. Les sentiments, ce n'est pas leur affaire.

Quelques jours plus tard, j'ai droit à des excuses d'un autre flic qui n'était pas présent à ce moment-là. Je lui lance :

– Ce n'est pas à vous de vous excuser pour les autres. Il faut comprendre que je veux bien me plier à vos règles, mais vous, vous devez aussi vous plier aux miennes. Il y a des choses que je peux faire et d'autres qui me posent problème. Ou vous les respectez, ou vous irez la faire tout seul, la déposition !

*
**

Peut-être le lecteur comprendra-t-il mieux, maintenant que je les ai exprimées, les difficultés auxquelles je me heurte et l'obligation où j'ai été, à un certain moment de cette affaire, de lâcher prise, de souffler. De ne pas franchir la ligne rouge du danger absolu, au-delà de laquelle ma vie n'avait plus ni sens, ni avenir.

VII

Abandonner une procédure n'est pas mentir

À partir du moment où les médias se sont acharnés sur l'affaire, il n'y a plus eu de tranquillité pour personne. À partir de l'instant où a débuté le jeu des confrontations et des convocations, mon calvaire a recommencé.

Mes interrogatoires devant les juges d'instruction ? Une suite de mots ampoulés, de jargon juridique auquel je n'ai strictement rien compris. Encore une fois, les puissants et les faibles : l'ex-prostituée a bon dos... D'un côté ceux qui possèdent le langage, les bonnes manières, les références correctes, de l'autre une ancienne pute à qui l'on n'accorde pas de crédit, qu'on essaie de piéger, de déstabiliser par tous les moyens.

Dans cette nouvelle guerre que je n'ai toujours pas choisie, je me sentais trop peu soutenue par mes avocats. Sur les conseils d'un ami journaliste, j'ai décidé de faire appel à un cabinet extérieur à Toulouse. Me Giudicelli, je l'ai su tout de suite, pourrait m'aider. Ce dernier a accepté de prendre ma défense en quarante-huit heures chrono. *(On peut dire que j'ai testé ses capacités d'adaptation dès le début ! Et qu'il ne m'a pas déçue.)* Il m'a donné accès à mon dossier et permis de comprendre un peu mieux l'univers qui m'entourait. Je l'en remercie. Par ailleurs, il a reconnu que j'avais besoin d'être assistée lors des convocations, et a fait en sorte que je me sente moins à l'écart de ce petit monde judiciaire.

*
**

Lors d'une des confrontations majeures de ce dossier, j'ai dû me rétracter. Mais j'affirme haut et fort que ce n'est pas parce qu'on doit abandonner une procédure qu'on est une menteuse. Mon état d'esprit d'alors justifie pleinement ce que j'ai fait, même si je m'en suis mordu les doigts par la suite. Épuisée, sous tranquillisants, stressée par tous ces rendez-vous avec de multiples spécialistes (dentistes, psychiatres, entre autres), je me sentais aussi faible et aussi paumée que dans les pires moments de mon ancien métier. Je venais de passer trois mois d'enfer, Patricia s'était fait coffrer pour avoir trop parlé, Djamel était mort « suicidé » : tout ça me rendait malade. J'étais, comme qui dirait, revenue à la case départ, celle où ma vie ne tenait plus qu'à un fil tant les pressions se faisaient intenses.

(Entre mon mari qui ne peut pas comprendre ce

déluge qui s'abat sur nous et ceux qui me jugent avant de m'avoir seulement écoutée, me voilà de nouveau dans un monde bien familier : celui d'où je suis absente. La vie ne m'appartient plus et je me tiens dans une frange du temps qui ne devrait pas exister. Douze ans en arrière et pourtant aujourd'hui. Les mêmes menaces, les mêmes peurs. La même mort comme perspective finale.)

Quoi d'étonnant si j'ai craqué, si je me suis rétractée ! Qu'avais-je comme preuve valable après ces années de silence ? Qui étais-je pour m'opposer, une fois de plus, à des nantis haut placés, et si puissants ? Si je niais la procédure que j'avais initiée, peut-être me laisserait-on enfin tranquille ? Peut-être pourrais-je tenter de reconstruire ma famille et me fondre dans la masse des gens sans histoire ?

Je sais que Michel Roussel m'en a voulu par la suite, parce qu'il n'a pas compris mon geste, lui qui avait tant fait pour qu'éclate la vérité. Là aussi, je veux que ce soit dit : personne ne m'a jamais forcée à travestir la réalité, on m'a juste dit qu'il fallait que je raconte vraiment tout ce que je savais, sans rien omettre, même si c'était dur, même si ça me mettait en danger. J'ai été d'accord... jusqu'à ce que je décroche et refuse d'exposer à nouveau ma vie.

Pourtant, j'ai eu le courage de continuer à attaquer l'un des personnages qui m'a fait du tort et contre lequel j'ai le plus de preuves. Et celui-là, malgré les poursuites juridiques qu'il a engagées contre moi, je me suis juré de ne pas le lâcher.

Visage découvert, j'ai affronté les caméras, la noria des journalistes, même si, à la sortie des confrontations, je me retrouvais dans un état lamentable, laminée, lugubre, détruite par le simple fait d'avoir revu mes tortionnaires.

(À la suite de ma rétractation, je suis de nouveau « expertisée » par un psychiatre. Le docteur Daniel Ajzenberg déclare que je n'ai « aucun trouble de la mémoire » et « aucune tendance particulière à l'affabulation ou la mythomanie pathologique ». Aurait-on soumis ceux qui m'ont fait du mal à pareil traitement ?)

Bien sûr, je me rends compte qu'à force de me débattre avec toutes ces convocations, ces témoignages, mes difficultés à comprendre, la presse, et les mots *(surtout les mots)*, cela a fait l'effet de revirements anarchiques voire suspects où personne ne pouvait s'y retrouver. Sauf à se dire : « Mais qu'est-ce que c'est que cette fille ? Une timbrée ? Une mytho ? Une qui s'est laissé manipuler pour du fric ? »

Eh bien non. Je suis qui je suis : Florence, dite Fanny, autrefois Floy ou Vicky, ex-pute aux prises avec de gros poissons prêts à l'avaler toute crue dès qu'elle sortira de son bocal. Qui a bravé la folie et la mort, leur a échappé un temps, et n'a pas peur de les affronter à nouveau. Je salue ma résistance, même si ça peut paraître prétentieux, car c'est aussi celle de tous ceux qui se dressent contre les injustices et ne les accepteront jamais.

Épilogue

Fin février 2004, une amie me téléphone pour me dire d'acheter *VSD*. Je vois qu'une ancienne, Magali, témoigne et que le substitut Heinisch fait une lettre de dix pages pour dénoncer certains dysfonctionnements de la justice. Un peu d'espoir dans ma vie détruite.

Depuis l'irruption de Michel Roussel et des gendarmes d'Homicide 31, j'ai vécu des moments tellement durs que personne n'y résisterait. Aucune famille non plus. En tout cas pas la mienne. Elle a implosé, comme je l'avais redouté dès le début de cette affaire. Il y a peu, mon mari est parti avec ses affaires, me laissant seule avec les enfants, même s'il continue de me soutenir moralement et financièrement dans mon combat. Il n'a pas pu en supporter davantage. Je peux le comprendre, mais je souffre et je pleure face à cette nouvelle épreuve.

Douze ans plus tard, peu de preuves de ce que j'avance existent, je l'ai dit. Mais je suis persuadée que celles qui restent – je suis sûre qu'il y en a – sont soigneusement cachées. Quant à mes dépositions et aux noms que j'ai cités, certains n'ont même pas fait l'objet de la moindre investigation. Pourquoi ? Je n'en sais rien. J'ai parfois l'impression que ce que je dis ne sert pas à démasquer des coupables, mais plutôt à alimenter les polémiques et les colonnes des journaux.

Je supporterais mieux de vivre ce calvaire si les résultats étaient à la hauteur de mes souffrances. Il n'en est rien. La justice est toujours empêtrée dans je ne sais quel bourbier, et je suis humiliée en permanence. Voilà le prix de mon aide dans cette affaire. Je ne peux qu'espérer que chacun prenne ses responsabilités, par-delà les intérêts de clan, pour que la vérité sorte enfin de l'ombre. En cela, je rejoins Michel Roussel.

On peut dire que c'est l'horreur qui m'a fait grandir. J'ai été au bout de mon expérience, jusqu'à ce que je réussisse à quitter ce qui, je l'avais durement appris, était un enfer. Puis j'ai été rattrapée par mon passé et les tourments de la justice ont remplacé ceux des malfrats. Comment, cette fois-ci, vais-je m'en sortir ? Quelle force intérieure me faudra-t-il trouver ? Qui m'aidera ?

J'ai été témoin de ce que peu de gens verront au cours de leur vie, je l'espère pour eux : la vraie pourriture de la société. Des actes atroces, des crimes sordides, des comportements inqualifiables.

Et des gens qui prêtent serment sur la Bible en prononçant des « Je le jure » qui ne veulent rien dire. Ou d'autres qui se défendent en disant un cynique « Je m'en tiens au Code pénal », avec dans le regard la certitude du contraire et au fond de leur âme les souvenirs de leurs méfaits.

Je suis démunie, quittée, attaquée.

Et pourtant, je demande le droit de vivre et d'élever dignement mes quatre enfants.

Et pourtant mes rêves sont intacts et j'arrive encore à sourire.

Et pourtant ceux qui m'ont fait du mal sont le plus à plaindre. Ils ont beau se parer des oripeaux de la vertu bafouée, quand ils rentrent dans leurs foyers où la suspicion rôde *(songez à leurs épouses, à leurs enfants...)*, ils tremblent et trembleront encore longtemps.

Car si moi, je n'ai rien à gagner dans ce combat inégal à part de nouvelles blessures, eux, si un jour la vérité sort de leur puits aux relents de cloaque, ils ont tout à perdre.

Tout.

Table des matières

SECONDE PARTIE
L'ESPOIR BAFOUÉ

Direction littéraire
Huguette Maure

assistée de
Maggy Noël

Composition PCA
44400 – Rezé

Impression réalisée sur CAMERON par

BRODARD & TAUPIN
GROUPE CPI

La Flèche

pour le compte des Éditions Michel Lafon
en juin 2004

Imprimé en France
Dépôt légal : juin 2004
N° d'impression : 24489
ISBN : 2-7499-0112-X
LAF : 586